사랑의 온도

1°c

우리도 사랑이었지

2°c

이별, 그리고 다시 사랑

3°c

현명하게 사랑하고 싶은 당신에게

4°c

소중한 너를 지키며 살아가길 바라

작가의 말

프롤로그

Q. 지금은 헤어진 그 사람, 언제 떠오르세요?

A. 사귈 때는 당연하게 생각했는데 지나고 보니 특별했다는 것을 느낄 때요. 재미있어 보이는 영화가 있으면 여자친구랑 영화관 가는 게 당연한 일상이었거든요. 사실 그래서 지금도 재미있는 영화가 개봉할 때마다 떠올라요. '이제는 함께할 네가 없구나. 네가 있어서 가능했던 일상들을 나는 너무 당연하게 생각했구나.' 그런 마음과 함께요.

Q. 헤어지고 후회하는 것 있나요?

A. 사람들이 그러잖아요. 전 애인에게 혼자 너무 잘 해준 게 후회된다고. 물론 저도 어릴 때는 그런 생각을 한 적 있어요. 근데 이제는 더 못해준 것에 후회가 남네요. '내가 그때 좀 더 잘해줬다면 혹시 지금의 관계가 조금은 달라지지 않았을까.'하며.

원래 누군가를 정말 좋아하면 그 사람에게 하나를 주고 똑같이 하나를 받지 못한 것보다는, 내가 하나를 줘도 마저 둘을 못 해준 것에 더 후회가 남는 것 같아요.

Q. 그 사람에게 하고 싶은 말 있나요?

A. 그냥 고마웠다고요. 참 짧죠? 근데 헤어질 때는 뭐가 그리 급했는지 고마웠다는 이 짧은 말 하나를 못 했어요. 어릴 때는 이별에 너무 서툴렀으니까요. 단순히 관계를 붙잡거나 놓는 것에만 신경 썼죠. 지금 생각해보니 이별은 '서로의 관계를 정리한다.'보다는 '서로의 감정을 정리한다.'라고 보는 게 맞는 것 같아요. 서로가 서로에게 상처로 남지 않게 그간의 감정을 정리하는 거죠. 미안한 건 미안했다고 하고, 고마운 건 고마웠다고 하며 말이죠.

Q. 본인이 생각하는 성공적인 연애란?

A. 많이들 말하잖아요, 헤어진 연애는 실패한 연애라고. 근데 저는 그렇게 생각 안 해요. 연애를 하면서 안 맞으면 헤어질 수도 있는 거죠. 저는 안 좋게 헤어지지만 않아도 나름 괜찮은 연애라고 생각해요. 또 그런 과정 속에서 서로가 좀 더 성숙해질 수만 있다면, 서로 헤어지고 '그 사람 참 좋은 사람이었어.' 이런 추억으로 남을 수만 있다면, 그것도 나름 괜찮은 연애라고 생각합니다.

Q. 그래도 연애는 오래가는 게 중요하지 않을까요?

A. 중요하죠. 그런데 저는 연애의 기간보다는 깊이가 더 중요하다고 생각해요. 사귀는 그 기간만이라도 얼마나 깊게 사랑했었나. 단지 길이가 긴 영화가 무조건 좋은 건 아니잖아요. 짧더라도 몰입할 수 있는 영화가 좋은 거죠. 단순히 기간만 긴 연애? 글쎄요, 저는 그게 서로를 더 지치게 한다고 생각해요. 서로에게 진심이 아니라면 놓아줘야죠. 대신 진심일 때는 서로에게 최대한 몰입을 하며 말이죠. 한눈 팔지 않고 오직 만나는 사람에게만 몰입하며.

Q. 마지막으로 사람들에게 하고 싶은 얘기는요?

A. 뜨겁게 사랑하고 차갑게 헤어지세요. 지난 연애를 떠올릴 때 어떠한 후회도 남지 않게 뜨겁게 사랑하고, 어떠한 미련도 남기지 말고 차갑게 헤어지세요. 좀 어렵다면 그냥 이거예요. 사귈 때는 많이 안아주고 헤어질 때는 편히 놓아주세요. 그게 서로를 위해 좋은 것 같습니다.

1°c

우리도 사랑이었지

"이별까지도 사랑이었다."

이런 게
행복이고
사랑이지

잠시 여자친구와 동거를 한 적이 있거든. 하루는 내가 술에 취해 먼저 잠에 들었어. 근데 얼굴이 간지러워서 중간에 살짝 깼는데 여자친구가 얼굴에 낙서를 하고 있더라고. 고민했어. '깰까. 말까.'하고. 근데 그 순간 여자친구의 웃음소리가 들리는 거야. 크진 않았고 엄청 참는 듯한? 그걸 듣고 내가 어떻게 깨겠어. 나 때문에 행복하다는데 그 행복을 내가 어떻게 깨겠어. 간지러웠지만 참았지.

아침에 거울을 보며 “어? 뭐야!”하며 연기도 완벽했고. 그제서야 여자친구가 소리 내 크게 웃더라. 나도 세수를 하며 몰래 웃었어. 그래, 맞아. 이런 게 행복이고, 이런 게 사랑이지.

내가 왜 좋아?

사랑하는 사람에게 너 정말 예쁘다고, 너를 진심으로 좋아한다고 말했다. 그러자 그 사람이 말했다.

"내가 정말 예뻐? 내가 왜 좋아?"

그 짧은 말이 나를 참 아프게 했다.

이 사람은 얼마나 자존감이 낮으면 예쁘다는 말을 듣고 행복하기에 앞서 의구심을 가질까,

이 사람은 대체 어떤 몹쓸 사랑을 겪어왔으면 좋아한다는 진심을 다시금 확인하고 싶어 할까.

그 짧은 말이 나를 다짐하게 했다.

나는 오늘부터 이 사람을 행복하게 해줘야겠다. 이른 아침부터 잘 잤냐며 새벽의 안부를 묻고 예쁜 하루 보내라며 하루의 행복을 빌어주고, 밤이 되면 오늘 하루는 뭐 하며 예뻤냐고 하루의 안부를 물으며 매일 예쁜 꿈을 꾸며 잠들 수 있도록 기도해야지. 그렇게 하루를 빈틈없이 사랑해줘야지.

그 짧은 말이 다시는 그 사람 입에서 나오지 않도록.

솔직히 우리는 아직 어리니까, 이 사랑이 평생이 될지 확신하지는 못하지만, 먼 훗날 비록 헤어지게 되더라도 이 사람이 다시는 사랑이라는 진심에 의구심을 갖지 않도록, 그날이 오기 전까지 나는 있는 힘껏 사랑해야지. 먼 훗날 나를 떠올릴 때
'그 사람 참 좋은 사람이었어.'라는 추억이 남도록.

남자가 여자를 사랑하면

남자가 여자를 진짜 사랑하면 어떻게 되냐고? 글쎄, 약간 딸 키우는 마음으로 연애를 하게 되더라. 내가 갖고 싶은 것을 참고 여자친구에게 좋은 것을 사주게 되고, 주변 사람과의 시간을 줄이고 여자친구와 더 많은 시간을 보내게 되더라고. 맛있는 것을 먹게 되면, 나중에 여자친구랑 같이 와서 먹어야겠다는 생각을 하게 되고, 여자친구가 삐졌을 때는 딸 달래듯이 달래게 되더라고.

그리고 딱히 내게는 아무 일 없더라도 여자친구가 행복해하는 걸 보면 괜히 나까지 행복해지고, 여자친구가 집에 늦게 들어가거나 무슨 일 생기면 괜히 내가 더 불안해지며 걱정되더라. 사실 아직 내가 딸을 키워본 적은 없지만, 흔히 남자들은 딸을 가지면 딸 바보가 된다고 하잖아. 그냥 딱 그런 거 같아. 항상 여자친구만을 생각하고 여자친구가 내 세상 전부인, 그런 바보가 되는 거 같아.

4월 2일을 기다려왔다고

4월 2일, 00시.

만우절이 끝나자마자 그녀에게 연락했다.

사랑한다고, 보고 싶다고, 변하지 않겠다고.

거짓 없이 내 진심을 전할 수 있는

지금 이 순간을 기다려왔다고.

솔직한
마음을 들려주고
싶은 밤

대학생 때 교양으로 '성의 사회학'이라는 과목을 들은 적 있는데, 이론상으로 남녀 간 설렘의 감정은 80일 정도라고 하더라. 당연히 사람 간의 관계에서 시간이 지나면 서로에게 익숙해지고, 심지어는 그 익숙함의 감정에 속아 서로에게 소홀해질 수도 있겠지. 나는 그럴 때마다 지금의 너를 만나는 감정을 떠올려야겠다. 그 감정을 통해 '사귀기 전에 네가 나에게 얼마나 간절했던 사람이었나.', '네가 나에게 얼마나 설레었던 사람이었나.'를 기억하며, 훗날 느껴질 익숙함의 감정도 사랑해야겠다.

절대 혼자 사랑하는 외로움이 느껴지지 않도록, 한순간의 내 감정에 네가 상처받지 않도록. 너에 대한 설렘을 사랑했듯이, 너에 대한 익숙함의 감정마저도 사랑해야지.

"내게는 절대 익숙함이라는 감정은 없을 거야. 설렘만 영원할 거야."

라고 듣기 좋은 거짓말을 할 수도 있지만, 적어도 오늘은 솔직해지고 싶다.

"너로부터 언젠가는 익숙함의 감정을 느낄 수도 있어. 하지만 그런 익숙함의 감정마저도 사랑할게. 익숙함의 감정에 속아 너에게 상처를 주진 않을 거야."

듣기는 다소 서운할 수도 있지만, 그런 솔직한 약속을 하고 싶다.

말만 잘하고 행동은 금방 변하는 사람이 되기 싫어서 적어본 예쁜 말이 아닌, 이런 솔직한 마음을 들려주고 싶은 밤이다.

너에게
나는 어떤
사람이야?

"너에게 나는 어떤 사람이야?"

네가 전에 말했잖아. 예쁜 말 한마디로 너를 예쁘게 만들어주는 사람이 좋다고. 원래 예쁜 마음에서 예쁜 말이 나오고, 그런 말을 통해서 그 사람의 마음이 드러난다고 하잖아. 근데 내게 너는 너무 예뻐서 내가 예쁜 말을 할 수밖에 없게 만들고 내가 예쁜 마음을 갖게 만드는 사람이야. 아마 너를 표현하자면 꽃이라고 해야 할까?

'나'라는 계절 속에서 '너'라는 꽃을 피우고 싶어.

'너'라는 꽃의 향기가 '나'라는 계절에 퍼지도록.

너는 나에게 예쁜 꽃이야.

나는 그런 너를 예쁘게 피우는 따스한 봄이고.

나를
언제부터
좋아했어?

"나를 언제부터 좋아했어?"

솔직히 잘 모르겠어. 언제부턴가 문득 네 생각이 나더라. 이유도 없이 네가 보고 싶고, 너한테 연락 온 거 없나 자꾸 휴대폰을 보게 되더라. 그땐 너랑 사귀는 관계도 아니었는데 말이야. 그때부터였던 것 같아. 정확히 언제라고 표현하긴 어렵지만, 딱 그때부터였던 것 같아.

계절은 이미 시작됐지만 꽃이 피고 나서야 봄이 왔음을 알았고 단풍에 물이 들고 나서야 가을이 왔음을 알았듯, 내 사랑도 그랬어. 너를 '딱 언제부터 좋아해야지.'하고 좋아한 게 아니라, 너를 만나다 보니까 언제부턴가 내가 너를 좋아한다는 걸 알게 됐어. 솔직히 "너를 처음 만난 그 순간부터 너를 좋아했어. 첫눈에 반했어." 이런 말이 더 예쁘고, 듣기 좋은 거 알아. 근데 오늘은 말이 아닌 솔직한 마음을 들려주고 싶어.

단순히 4월이 와서 봄이라고 하는 게 아니라, 꽃이 피고 날씨도 따듯해져서 봄이라고 하는 거잖아. 나도 단순히 너랑 만나는 관계여서 너를 좋아하는 게 아니라, 너를 만나다 보니 항상 네 생각만 나고 그런 네가 좋아졌어.

사랑 받을 때의 기분

여자친구에게 사랑받을 때 어떤 기분이냐고? 음, 강아지가 된 기분이었어. 태어나서 처음 느낀 감정이었어. 우쭈쭈 하며 나를 대하는데 뭔가 설렜어. 다른 여자들이 그랬으면 엄청 싫었을 텐데, 내가 사랑하는 사람이 나한테 그러니까 괜히 설레더라. 꼬리도 살랑살랑 흔들며 더 예쁨 받기 위해 노력하게 되고, 그 사람 주변에 이상한 사람들이 꼬이면 없는 용기까지 생겨서 괜히 으르렁거리게 되고. 그렇게 딱 강아지가 된 기분이더라.

좋아
할수록
아이가 된다

누군가를 좋아하게 되면
머리로는 어른스러워지고 싶은데
마음은 자꾸 애가 되는 것 같다.
괜히 작은 것에도 질투 나고
나만 바라봐 줬으면 좋겠고.

10월의 연애 일기

하루 일과를 끝내고 네게 메시지를 보냈다. 뭐하냐고, 딱히 할 거 없으면 지금 집 앞으로 갈 테니 근처 조용한 술집에서 술 한잔하지 않겠냐고. 나 지금 네가 너무 보고 싶은데 술 한잔을 핑계로 예쁜 얼굴 좀 보여주면 안 되냐고. 솔직히 조금은 오글거리지만, 그래서 더 달달한 만남이었다. 평소에는 그저 쓴 술이 너랑 마시니까 참 달았던 것처럼. 그렇게 한 잔 두 잔, 잔을 비워가며 서로에게 솔직해졌다. 평소에는 서로 못했던 속 얘기도 하며 그렇게 더 가까워졌다.

딱 적당히 취한 채 아쉬움을 남기고 술집에서 나왔다. 다음날 아침에 네가 나를 떠올릴 때 너를 취하게 한 사람 말고, 너를 집 앞까지 데려다준 사람으로 기억되고 싶었거든. 그리고 마저 못 마신 술이 아쉬웠다는 핑계로 내일도 너를 보고 싶었거든.

그렇게 술집을 나와서 거리를 걸었다. 솔직히 그리 추운 날씨는 아니지만, 밤공기가 차다는 핑계로 네게 겉옷도 벗어주고, 술기운에 별로 춥지는 않았지만 괜히 추운 척 몸도 떨어봤다. 그 모습을 보고 네가 "추운데 왜 옷을 줘? 다시 가져가."라고 말하면 그때 너를 꼭 끌어안으며 "이거면 충분해."라는 말을 하기 위해서. 그렇게 말하니까 네가 웃으며 "아 뭐야, 오늘따라 왜 그래? 취했어?"라고 하더라. 그래서 대답했지. "너를 항상 이렇게 웃게 해줄 수 있다면, 나는 항상 네게 술 한 잔 안 마셔도 취한 사람이 되어줄게."라고. 오글거리는 거 알아. 근데 부끄러워하는 네가 너무 귀여운 걸 어떡해.

어느덧 도착한 네 집 앞, 한 번 꼭 끌어안은 다음 너를 들여보냈다. 너는 알지 모르겠지만, 네 방 불이 켜질 때까지 네 집 앞을 맴돌다가 불이 켜지면 그제야 내 집으로 향했다. 안 잘 테니까 씻고 잠이 안 오면 언제든지 연락을 하라는 문자를 남기며. 그렇게 내가 집에 도착할 즈음에, 너는 다 씻었는지 "뭐 해? 잘 도착했어?"라는 문자를 보내왔다. 나는 사실 방금 도착했지만 "응, 방금 씻고 누웠어." 라고 답장을 보냈다. 괜히 네가 씻고 오라고 할까 봐, 그러면 그 사이 네가 잠들어 버릴까 봐 두려웠거든.

그렇게 너와 연락을 주고받는데, 어느 순간부터 답장이 오지 않았다. 그렇게 한참을 기다리다가 '아, 잠에 들었구나.'라고 생각했다. 그래서 이미 잠든 너에게 "너와 함께였기 때문에 오늘 하루도 너무 예뻤어, 고마워. 사랑해. 잘 자."라는 연락을 남기고 그제야 나도 씻으러 갔다.

가끔 술 마신 날 밤이면 밤잠을 설치다가 항상 새벽에 깨곤 하는 너였으니까.

혹시나 오늘도 그러게 된다면, 새벽에 내 메시지를 읽고 다시 네가 기분 좋게 잠에 들었으면 해서.

붙잡을 때의 속마음

"내가 전에 헤어지자고 했을 때 기분이 어땠어?"

미안했어. 네가 그 말을 꺼내기까지 혼자 고민하며 아파했을 걸 생각하니 미안해지더라. 그래서 솔직히 붙잡기도 미안했어. 괜히 너는 이미 마음이 다 떠났는데 붙잡는 것도 네게는 부담일 테고, 그래서 조금 이기적인 것 같았거든.

"근데 왜 붙잡았어?"

무서웠어. 그렇게 너랑 헤어지게 되면 너한테 나는 어떤 사람으로 기억될까를 생각하니 무서워지더라. 그래서 한 번만 붙잡아보자는 생각을 했어. 대신 만약 네가 붙잡혀준다면 너를 있는 힘껏 사랑하겠다는 마음으로.

"한 번만? 그럼 내가 거절했으면 어떻게 됐던 건데?"

비참함을 느끼고, 또 원망도 했겠지. 단지 너한테 거절당했다는 사실이 비참한 게 아니라, 그리고 그런 너를 원망한다는 게 아니라, '나는 네 마음 한 번을 붙잡지 못할 만큼 너에게 좋은 사람이 아니었구나.'라는 생각에 혼자 비참함을 느끼고, 나 스스로를 원망했을 것 같아.

"내가 다시 헤어지자고 해도 붙잡을 거야?"

아니. 안 붙잡으려고. 그냥 놓아주려고. 나는 너와 다시 만난 이후로 최선을 다하고 있는데 그런 최선에도 네가 행복을 느끼지 못한다면, 그땐 놓아주려고. 다시 붙잡을 생각보다는, 다시는 네 입에서 그런 아픈 말이 나오지 않게 최선을 다할 뿐이야. 만약 네가 당장 내일 헤어지자고 해도, 나는 내일까지 너를 있는 힘껏 사랑할 거야. 네 기억 속에 내가 '마지막까지 좋은 사람'으로 기억될 수만 있다면, 나는 그거로 만족해.

"그럼 지금은 처음의 설렘 그대로 나를 사랑하고 있어?"

아니. 더 무거운 마음으로 사랑하고 있어. 사실 설렘이란 감정은 사랑을 표현하기에는 참 가벼운 것 같거든. 내 사랑을 표현하자면, 어쩌면 두려움이라고 할 수도 있겠다. 그날 네가 헤어지자고 했을 때 그렇게 너를 잃을까 봐 엄청 두려웠어. 나는 너에게 소홀해질 때마다 그날의 감정을 떠올려. 네가 나에게 얼마나 소중한 사람인가를 일깨워주거든.

작은 것도
놓치지
않기로 했다

오늘따라 달이 참 예쁘기에
그 사람에게 전화를 걸어 창밖의 달을 보라고 했다.
다른 사람들은 뭐 이런 것까지 함께하냐 하지만
사실 우리는 한번 헤어진 적이 있다.
그런데 헤어지고 문득 든 생각은
우리는 같이 꽃구경, 불꽃놀이 한 번을 한 적 없었다는 것.

작아 보일지라도 같이하지 못한 것들이 참 많았다.

같은 것을 보고 같은 생각을 하고

같은 감정을 공유할 수 있다면

이제는 작은 것도 놓치지 않기로 했다.

오늘은 예쁜 달을 보니까 당신이 생각난다는

지금의 내 감정을 공유하고 싶었다.

보고 싶다고. 함께하자고. 그리고 사랑한다고.

사실,
나 정말
아파

아직도 생생해. 늦은 밤 새벽까지 잠도 안 자며 나와 연락하고, 항상 나만을 사랑해주던 그런 네가. 근데 언제부턴가 너는 조금씩 변해갔어. 늦은 새벽까지 나에게 메시지를 보내던 너였잖아. 그런데 이제는 아주 일상적인 연락에도 늦게 답장하고 있잖아. 요즘 무슨 일 있냐고 왜 그러냐고 물어도 그냥 바빴다는 답장뿐이고, 더 물어보려고 해도 그런 나를 네가 귀찮아하는 것 같고, 결국은 이렇게 나 혼자 항상 너를 기다리게 돼.

이성 친구 문제에서도 그래. 처음 나랑 만날 때는 다른 사람은 다 필요 없다며 나랑만 연락하던 너였잖아. 근데 어느 날부터는 나와 만나고 있는 그 순간에도 다른 이성과 연락을 하느라 바쁘더라. 누구냐고 물었더니 "얘, 그냥 친한 친구야."라는 말만 하면서.

참 고민 많이 했어. '내가 질리는 건가?' 그래, '헤어져야 되나?' 그런 생각까지 했어. '연애는 둘이 사랑하는 건데 굳이 나 혼자 사랑하며 이렇게 아파할 필요가 있나?'라고 생각했거든. 근데 너 없는 나는 상상할 수가 없었어. 솔직히 그게 더 아프고 힘들 것 같았거든. 그래서 매번 괜찮은 척했어.

근데 있잖아, 나 사실 하나도 안 괜찮아. 아무렇지 않은 척 애써 숨기고 싶던 이 마음을, 이 아픔을 이제는 아예 너한테 들켜버렸으면 좋겠어. 조금은 네가 이런 나를 알아 줬으면 좋겠어.

나는 지금의 너를, 지난날 너와의 추억과 지난날 너와의 좋은 기억으로 버티며 사랑하고 있느라 정말 힘들거든. 내가 이렇게 버티고 있을 때 제발 돌아와 줘라. 처음 나를 사랑하던 그때의 너로 돌아와 줘라. 사실 나 정말 힘들단 말이야. 괜찮은 척, 아무렇지 않은 척해도.

사실, 나 정말 아파.

나는 너밖에 없는데
나는 너의 밖에 있었다

느려지는 너의 답장에도 혼자 기다리며 너를 이해하려 노력했고, 차가워진 네 모습에도 애써 괜찮은 척하며 서운함을 숨겼어. 왜 그랬냐고? 헤어지고 이렇게 아파하게 될 줄 몰랐던 거냐고? 아니, 그때도 알았겠지. 나만 노력하는 사랑은 나를 더 아프게 할 뿐이고, 결국 놓지 못하는 그런 마음이 나를 더 비참하게 만들 것을. 하지만 그때의 나는 이별 후 느껴질 아픔보다는 당장 너와의 헤어짐이 더 겁이 났었나 봐.

내 서운함을 그대로 다 표현하면 다투게 될까 봐, 그렇게 너와 헤어지게 될까 봐 두려워서 네 마음이 변했음을 알면서도 애써 아닌 척, 그렇게 괜찮은 척했어. 원래 사랑을 할 때는 이별이 가장 두려운 법이잖아. 너를 먼저 놓을 자신이 없었기에 그런 내가 할 수 있는 거라곤, '언젠가는 다시 돌아오겠지.' 하며 그렇게 애써 괜찮은 척, 너를 기다리는 것뿐이었으니까. 그리고 원래 오랜 연애를 위해서는 서운한 점이 있어도 이렇게 괜찮은 척 이해하며 넘겨야 되는 줄 알았어. 다른 사람들도 다 이렇게 연애하는 줄 알았거든. 하지만 지금 생각해보니 서운한 걸 말도 못하고 그저 혼자 이해하고, 이미 내게 돌아선 마음을 홀로 기다리는 것은 연애가 아닌 짝사랑에 불과하더라. 연애도 그저 스쳐 지나가는 하나의 관계일 뿐인데, 네게 나는 고작 그런 관계 속 한 사람에 불과했는데, 나 혼자 연애라는 관계에 너무 큰 의미를 부여했던 것 같아. 나는 너밖에 없는데, 나는 너의 밖에 있던 것 같아.

이별
의
이유

우리가 왜 헤어졌냐고? 뭘 그런 거 가지고 그러냐고? 너한테는 사소해 보일지 몰라도 나에게는 우리 이별의 이유가 얼마나 큰 의미였는지 몰라? 내 서운함을 그런 거라고 표현하는 것 자체가 마지막까지 내게는 얼마나 큰 상처였는데. 갑자기 왜 그러냐고? 갑자기가 아니야. 그런 너라도 좋아해서, 헤어지는 게 겁이 나서, 얼마나 참고 참다가 힘들게 꺼낸 이별의 말이었는데.

사소함에 대한 너의 소홀함이 쌓이고, 그런 너의 소홀함이 내게 서운함을 느끼게 했어. 그런 서운함을 견디다 못해, 사귀어도 사귀는 것 같지 않은 외로움이 느껴지더라. 알겠어? 이게 우리가 헤어지는 이유야.

헤어지고 후회 안 할 자신 있냐고? 아니, 없어. 사실 너에게 헤어지자고 말을 꺼낸 그 순간에도 후회했었어. '네가 나를 붙잡지 않고 정말 바로 알겠다며 헤어지겠다고 하면 어떡하지? 헤어지면 나는 너 없이도 잘 견딜 수 있을까?'하며 후회했었어. 근데 또 다른 한편으로는 이런 생각이 들더라. 나는 분명 너에게 서운함을 여러 번 말해왔는데, 그때는 제대로 듣지도 않다가 이제 와서야 왜 그러냐고 되묻는 너를 보며 '과연 이 사람과 더 사귄다 한들 내가 행복해질 수 있을까?'라는 생각이 들더라고. 당장은 너 없이 행복할 자신은 없지만 너와 만나며 점점 더 비참해질 나를 생각하면, 당장은 후회할지 몰라도 이제는 너와 헤어질 수밖에 없어. 그만하자, 우리.

좋아
했지만
싫어서

주변 사람들이 그러더라고. 헤어지고 이렇게 아파할 거면, 뭐 하러 먼저 헤어지자고 했냐고. 그래, 헤어지고 나서 지금도, 심지어 헤어지자고 한 그 순간에도 여전히 그 사람을 좋아했어. 근데 싫었어. 연애를 하는데 혼자 사랑하는 듯한 외로움도 싫었고, 매일 불안한 감정 속에서 사는 것도 싫었어. 근데 가장 싫었던 것은, 자꾸만 내가 좋아하는 사람을 미워하게 되는 그 과정이, 그 과정 속에서 갈수록 작아져가는 내가 참 싫더라.

그래서 그 사람 괜히 마음은 없지만 딱히 헤어질 이유가 없기에 나랑 사귀는 것 같아서, 그런 관계도 사랑이라고 믿는 내가 참 안쓰러워서, 좋아했지만 싫어서 먼저 내가 헤어지자고 했어.

이별하는 과정의 속마음

남자)

처음에는 너를 진심으로 사랑했어. 잠이 많은 나였지만, 새벽 늦은 시간까지 휴대폰을 붙잡고 너와 연락하고 어디를 가든지 네 생각뿐이었어. 내게 너는 항상 1순위였고, 너와 함께하는 시간이 내 하루 중 가장 행복했어. 하지만 처음에는 너를 너무 사랑해서 보이지 않던 네 단점들이 어느 순간부터는 보이기 시작하더라.

그 후 딱히 의식하고 한 행동들은 아니었는데, 너를 대하는 내 행동들이 변해갔어.

그래, 사실 마음이 변했던 것 같아. 심지어 한 번은 심하게 싸우다가 너에게 먼저 헤어지자는 말을 할 뻔했어. 근데 내가 먼저 사랑했는데 내가 먼저 끝내자는 것은 뭔가 좀 아닌 것 같고, 왠지 모르게 미안하더라고. 그래서 사랑을 연기하기 시작했어. 물론 해서는 안 될 짓이지만, 그렇다고 너에게 헤어지자는 말을 먼저 꺼낼 용기도 없었거든. 물론 옛날처럼은 아니지만 최대한 네가 눈치채지 못하도록 사랑을 노력했어.

하지만 진심이 아니어서 그런가? 언제부턴가 우리 사이는 어긋나기 시작했어. 그러다 하루는 네가 먼저 헤어지자고 하더라. 참 우스웠어. 나는 너와의 이별을 수없이 고민했는데, 너는 한순간의 감정으로 헤어지자고 말하는 게.

그리고 그 헤어지자는 말 한마디로 그동안 버텨왔던 우리의 관계가 이렇게 쉽게 끝났다는 게 참 우습더라.

그렇다고 내가 붙잡지도 않았네. 아니, 붙잡을 자격도 없었지. 사랑이 식어 변해버린 나조차도 항상 사랑하며 걱정해준 너였잖아. 결국은 "내가 너무 부족해서 미안해. 꼭 좋은 사람 만나. 잘 지내."라고 답을 하며 그렇게 나는 너와 이별했어. 이미 예상한 이별이지만 막상 겪으니 너무 힘드네. 너도 힘들겠지만 이제는 나를 잊고 행복했으면 좋겠어. 너를 위해.

여자)

처음에는 너를 의심했어. 사랑에 상처가 많은 나였으니까, 네 사랑을 온전히 믿을 수 없었어. 하지만 시간이 지나면서 네 진심을 느꼈고, 나도 너를 믿고 너를 온전히 사랑할 수 있게 됐어. 근데 언제부턴가 너는 변해갔어.

연락이 느려지는 건 물론이고, 말투 행동 하나하나가 다 변해갔어. 그러다 결국은 내가 헤어지자고 했지. 너는 이별이 한순간 쉽게 끝났다고 생각할지 몰라도 나는 그게 아니었어. 너에 대한 서운함을 혼자 참으며 쌓아두다가 어렵게 꺼낸 이별의 말이었거든.

그래, 너에겐 쉬운 이별이었겠네. 나를 붙잡는 말 한마디 없이 이렇게 쉽게 끝낼 사랑이었으니까. 이럴 거면 차라리 네가 먼저 헤어지자고 하지 그랬어. 나는 그것도 모르고 혼자 아파했잖아. 느려지는 너의 연락에 '바쁜가 보네.'하며 홀로 너의 연락을 기다렸고, 변해가는 너의 행동에 '안 좋은 일 있나?'하며 바보같이 너를 걱정했잖아. 차라리 다른 남자들처럼 나를 적당히만 사랑해주지 그랬어. 나는 네가 처음에 너무 잘 해줘서 너만은 변치 않고 나를 사랑해줄 거라고 믿어버렸잖아. 한번은 심하게 다투고 나서 다시 노력하는 너를 보고 괜히 너에게 미안해하며 다시 너를 믿어버렸잖아.

우리가 헤어지던 날, 네가 너무 부족해서 미안하다고 했지? 변명하지 마. 네가 부족한 건 단지 나에 대한 마음 하나였잖아. 꼭 좋은 사람 만나라고? 네가 좋은 사람이 돼주지 그랬어. 이제 너에게 입은 상처가 너무 깊어서 아마 한동안 그 누구도 사랑하지 못할 것 같아. 잘 지내라고? 어떻게 그래, 이제 네가 내 옆에 없는데. 헤어지면 다 끝날 줄 알았는데 이상하게 뭔가 허전하고 가슴이 아프고 답답해. 뭐라고 표현해야 될지 모르겠어.

나 미쳤나 봐, 지금도 네가 보고 싶어.

지난
계절이
그리운 것처럼

헤어질 때 네가 그랬잖아. 너보다 더 좋은 사람을 만나라고. 그래서 나도 노력해봤거든. 너보다 좋은 사람일지는 몰라도 최소한 나도 새로운 사람을 만나기 위해 노력해봤어. 하지만 나도 모르게 어느 순간부터 '이 사람은 너와 이 점이 닮았네.', '저 사람은 너와 이 점이 다르네.' 하며 너를 떠올리게 되더라. 그래, 물론 너보다 더 좋은 사람도 있었어. 근데 나는 자꾸만 너를 찾게 되더라.

그래서 너와 다시 사귀고 싶은 거냐고? 아니, 그런 건 아닌데 그냥 너와 함께했던 그 시간이, 그 시간 속의 너와 내가 참 좋았었나 봐. 그러니 아프지만 아직도 이렇게 추억하는 거겠지. 너는 지금 어때? 너도 가끔은 내 생각을 해? 매일은 아니어도 너도 아주 가끔은 나를 떠올릴까? 물론 헤어질 때는 참 아픈 시간들이었지만, 왜 그런 거 있잖아.

여름에는 그 추웠던 겨울이 그립고, 겨울에는 그 더웠던 여름이 그리운 것처럼. 그렇게 너도 가끔은 내 생각을 할까. 이거 진짜 아파서 너는 안 그랬으면 좋겠는데, 정말 잔인한 거 아는데. 너도 한 번 정도는 내 생각을 해줬으면 좋겠어. 이렇게 나만큼 까지는 아니더라도, 너도 조금은 아파해줬으면 좋겠어. 이별이야 어쨌든 너도 나와 만나며 한 번 정도는 진심이었다면, 이렇게 조금은 아프며 나를 떠올려줬으면 좋겠어. 나는 지금도 너를 떠올리면 아파. 너는 어때?

아픈 건
혼자 떠안게
되더라

오늘 사랑하는 사람과 헤어졌어. 주변에서 그러더라. 이렇게 헤어지고 혼자 아파할 거면 붙잡지 그랬냐고. 근데 안 붙잡았겠어? 물론 헤어지자는 말을 들었을 때는 붙잡지 않았지만, 그렇다고 안 붙잡은 게 아니야. 그 사람의 나에 대한 마음이 떠난 것을 알면서도, 혹시나 다시 돌아올까 하는 마음에 외로움을 느끼면서도 그 사람을 사랑했어. 그렇게 진작 끝났을 관계를 지금까지 붙잡아왔다고.

근데 오늘은 정말로 헤어지자고 하더라고. 나는 그 사람과 있으면 행복한데, 그 사람은 더 이상 그렇지 않대. 나는 더 노력할 자신이 있는데, 그 사람은 그게 부담이 된대. 내가 어떻게 더 붙잡을 수 있겠어. 내가 행복하기 위해 그 사람을 불행 속에 가둘 수는 없는 거잖아. 내 사랑이 이제는 부담이라잖아. 그 사람이 조금이라도 덜 미안하게, 나도 조금이라도 덜 아프게, 이제는 헤어지는 게 맞는 거잖아.

나 정말 헤어지기 싫었어. 근데 이제 함께 행복할 수는 없으니까 이렇게라도 행복을 빌어줄 수밖에 없잖아. 그 사람이 헤어지자는 말을 꺼냈을 때 울고 싶어도 꾹 참았어. 그 사람도 그 말을 꺼내기까지 힘들었을 텐데, 내가 울면 미안해하며 더 힘들어할까 봐 눈물을 꾹 참고 집에 가서 연락하겠다고 하며 헤어졌어. 거기서 말 한마디라도 더 하면 눈물이 터질 것 같았거든.

그렇게 집으로 돌아와 연락을 했어. “지금까지 나를 사랑해줘서 고마웠어. 좋은 사람 만나서 행복했으면 좋겠어. 나 정말 괜찮으니까 미안해하지마. 너도 뭐라 답하기 곤란할 테니까 답장은 안 보내도 돼. 말 안 해도 네 마음 다 알아. 그러니까 이거 읽고 울지 마. 나 괜찮아. 잘 지내.”라고. 사실 나 하나도 안 괜찮고 너무 아파. 붙잡고 싶은데 그럴 수가 없어. 다들 그러더라, 정말 사랑하면 붙잡는 게 맞는 거 아니냐고. 그런데 말이야, 정말로 사랑하면 놓아줘야 할 땐 놓아주고, 아픈 건 혼자 떠안게 되더라.

더
깜깜한
새벽

솔직히 너랑 만나면서 힘들었어. 그래서 헤어지면 다 괜찮아질 줄 알았거든. 그런데 아니더라. 악몽에서 깨고 나면 아침일 줄 알았는데 더 깜깜한 새벽이더라고. 조금만 더 있다가 깰걸, 너무 빠르게 깬 게 아닌가 후회돼. 조금만 더 노력해보고 헤어질걸, 너무 성급하게 헤어진 게 아닌가 두려워. '그만해야지.' 하다가도 자꾸만 지난날의 연락과 사진을 들여다보게 되고, 너를 떠올리는 게 나를 아프게 하는 걸 알면서도 자꾸만 너를 떠올리게 돼. 미치겠다. 오늘도 내가 나를 아프게 한다, 자꾸만.

너와는
다른
마음

헤어지던 날 네가 그랬잖아. 약속 장소에서 누가 먼저 기다리는 것, 또 연락에서의 답장 속도가 뭐가 중요하냐고. 네가 늦을 때마다 내가 뭐라고 그러는 게 부담된다고 했잖아. 근데 지금 나랑 새로 만나고 있는 사람도 그렇게 말했어. 그런 게 뭐가 중요하냐고. 근데 이 사람은 자기가 나를 더 보고 싶어서 먼저 나와서 기다리는 거고, 항상 내 연락을 기다리다 보니까 휴대폰을 자주 봐서 답장이 빠른 거래.

오히려 이 사람은 나한테 부담 갖지 말래. 나한테 무엇을 바라서 그러는 게 아니라, 단지 자기가 나를 많이 좋아해서 그런 거니까 부담 갖지 말래. 그리고 네가 그랬잖아, 바쁜 것도 이해해 주는 게 사랑이라고. 근데 지금 만나는 사람은 그러더라, 바쁜데도 시간을 내는 게 사랑이라고.

참 다르지? 근데 그럴 수밖에. 지금 만나고 있는 사람은 나를 대하는 마음이 너랑은 다르거든. 그래, 맞아. 지금 생각해보면 일이 생겨서 약속 시간에 조금 늦으면 어떻고, 바빠서 답장이 조금 늦을 수도 있는 거고 그런 게 뭐가 중요하겠어. 근데 있잖아, 사람의 마음이라는 게 눈으로는 보이지 않아서 상대방의 그런 작은 행동들을 통해 느끼게 되더라. 이 사람이 나를 정말 사랑하는지, 그렇지 않은지.

이제는 너랑 헤어지고 생각해보니, 사랑에 눈이 멀어서 이해해서는 안 될 것들도 이해하며 넘긴 게 참 많더라. 심지어 헤어지고 제법 시간이 흐른 지금은 이런 생각까지도 들더라고.

'나 참 잘 헤어졌구나.'

이제는 나 행복해지려고. 더 이상 사랑 때문에 혼자 마음 고생하지 않으며 그렇게 행복해지려고 해. 나와 헤어져줘서 고마워.

그래,
우리 이제
헤어지자

첫눈이 내리던 지난해 어느 겨울, 우리는 사랑을 시작했고. 비바람으로 벚꽃이 떨어진 이른 봄, 우리는 이별했다. 겨울에서 이른 봄, 계절상으로는 한 계절이 채 안 되는 짧은 시간이지만 우리에게는 참 많은 변화가 있었다. 서로에게 맞추려고 노력했던 우리였는데, 어느 순간 상대방이 자신에게 맞춰주기를 그저 바라는 우리가 됐다.

정말 없는 시간조차도 서로 함께 시간을 보내기 위해 노력하던 우리였는데, 함께 있는 시간조차도 각자의 휴대폰만을 보며 서로의 시간을 낭비하는 우리가 됐다. 서로 연락을 하며 설렘 가득한 마음으로 밤을 새우던 우리였는데, 서로에게 연락은 딱 할 말 있을 때만 하는 우리가 됐다. 서로의 단점보다는 장점에 더 큰 의미를 부여하며 서로를 알아가던 우리였는데, 서로의 장점보다는 단점에 더 큰 의미를 부여하며 서로가 안 맞는다는 것을 깨닫는 우리가 됐다. 서로 시간을 내서 연락을 하는 우리였는데, 서로 시간이 나면 연락을 하는 우리가 됐다.

하지만 우리는 서로에게 뭐라고 할 수도 없었다. 변해가는 '우리'란, 상대방뿐만이 아닌 자기 자신도 포함된다는 것을 느끼고 있었으니까. 우리가 할 수 있는 거라고는 그런 서로를 이해하는 것뿐이었다. 그때까지 우리는 서로에 대한 무관심이 이해인 줄 알았다.

아니, 어쩌면 그때 이미 알았다고 해도 우리는 무관심의 이해를 할 수밖에 없었을 것이다. 우리에게는 딱히 헤어질 이유도 없었기에 헤어질 수도 없었고, 단지 그런 헤어질 이유가 없어서 사귀던 관계였기에 그렇게라도 하지 않으면 관계의 이유를 어떤 것으로도 설명할 수 없었을 테니까.

그러던 어느 날 그녀의 집 앞 벤치에 앉아 이야기를 하던 중 그녀가 물었다. "어? 벚꽃 폈네? 오빠, 벚꽃 구경 갈 거지?"라고. 잊고 있었다. 나는 작년 겨울 첫눈이 오는 날, 내년 봄에 같이 벚꽃 구경을 가자며 그녀에게 고백을 했었다. 아마 그녀도 벤치 옆에 활짝 핀 벚꽃을 보고 갑자기 생각이 났을 것이다. 우리는 바로 다음날로 약속을 잡았다. 그런데 그 다음날부터 비바람이 불기 시작했다. 비는 3일간 이어졌고, 어젯밤 그녀에게 연락이 왔다. "우리 헤어지자."라는 짧은 내용으로.

별다른 내용도 더 없는 갑작스러운 이별 통보였기 때문에, 오늘 직접 그녀의 집 앞으로 찾아갔다. 집 앞에 도착했을 때, 며칠 전의 그 벚꽃나무 옆의 벤치에 앉아 울고 있는 그녀가 보였다. 3일간의 비바람 때문인지 벚꽃은 다 떨어져 있었다. 그 모습을 보고 나는 그녀의 곁으로 다가갈 수가 없었다. 우리의 이별이 새벽 비로 우울해진 그녀의 마음 때문인지, 비바람으로 다 떨어진 벚꽃 때문인지는 알 수 없었다. 하지만 한 가지, 우리는 찬 겨울을 이겨내고 꽃을 피웠지만 이른 봄날 져버린 벚꽃처럼 참 짧은 사랑을 했고, 그 사랑의 마지막은 작은 비바람에도 떨어져버린 벚꽃처럼 위태로웠다는 것이다.

우리는 서로 사랑을 해서 만남을 시작했지만, 결국에는 헤어질 이유가 없어서 만나는 관계를 유지해왔다. 그 어떤 작은 것이라도 이별의 이유가 되기는 충분한 상황이었다. 설령 그것이 새벽의 봄비든, 그런 봄비에 떨어진 벚꽃이든.

이렇게 생각을 정리하며 내 집으로 돌아왔을 때, 나도 모르게 눈에서 눈물이 흘러나오기 시작했다. 그녀도 아마 이랬겠지. 싫지는 않은데 헤어질 수밖에 없는 지금의 이 상황이 복잡하고 힘들었겠지. 나는 그녀를 붙잡을 수도 없었다. 그녀가 어젯밤 "우리 헤어지자." 이렇게 짧은 한 마디밖에 보낼 수 없던 이유를 깨달았으니까. 나는 침대에 누워 그녀에게 마지막으로 답장을 남겼다.

"그래, 우리 이제 헤어지자."라는 짧은 내용으로.

지금도
네가
보고 싶어

헤어지면 다 괜찮아질 줄 알았어. 너 때문에 더 이상 힘들어할 필요도 없으니까 다 괜찮아질 줄 알았어. 근데 아니더라. 솔직히 처음에는 괜찮은 줄 알았어. 더 이상 나를 힘들게 할 너도 없었고 더 이상 너의 눈치를 볼 필요도 없으니까 뭔가 자유롭고 편한 기분이 들었거든. 근데 그것도 잠시더라. 어느 순간부터가 공허함이 밀려왔어.

정확히 말하면 네가 떠남으로 생긴 빈자리에 나의 우울함과 외로움이 가득 찼고, 그런 감정들이 넘쳐서 밀려왔어. 솔직히 너를 떠나보내고 나서의 그 공허함을 친구나 술로 가득 채운 줄 알았거든. 하지만 착각이었어. 그 자리는 그런 걸로 채울 수 있는 자리가 아니었어. 딱 나의 우울함과 외로움으로만 가득 채워졌던 거야. 심지어 너와 헤어지고 가끔은 "잠은 잘 잤어?", "밥은 먹었어?" 한때는 당연시했던 이런 작은 안부 연락조차도 그리워지더라.

솔직히 나도 지금의 내 마음을 잘 모르겠어. 그렇다고 다시 너랑 사귀고 싶은 것도 아니고, 설사 내가 그러고 싶다고 해도 다시 사귈 수 있는 것 또한 아닌데, 가끔 네가 생각이 나. 물론 알아. 나를 힘들게 하는 지금의 이 감정이 단순히 지금도 네가 좋아서가 아니라, 단지 너와 함께한 행복했던 그 시절이 좋아서인걸. 그래서 더 힘들어.

새벽이 되면 그 감정이 더 격해져서 나를 더 힘들게 했어. '내가 너를 생각하는 것처럼 너도 내 생각을 할까? 만약 그렇다면 혹시 다시 연락이 오진 않을까? 아니, 내가 먼저 연락을 해볼까?'하며 수없이 너를 생각하다가 잠에 들곤 해. 이제는 한 번 정도 묻고 싶어. 너는 어디까지가 진심이고, 어디서부터가 노력이었는지. 솔직히 말할게. 사실 나 지금도 네가 너무 보고 싶어.

관계가
끝났다고 사랑까지
끝난 건 아니잖아

사람들이 나한테 그래. 헤어졌으면 이제 빨리 잊으래. 다 끝났는데 뭐 하러 혼자 아파하냐고. 그래, 맞아. 헤어졌는데 혼자 감정을 갖고 있다 한들 무슨 의미가 있겠어. 그런데 헤어졌어도 여전히 남은 좋았던 추억들도 있는 거잖아. 그러니 어떻게 쉽게 잊겠어. 물론 헤어졌으면 끝난 건 맞아. 하지만 끝난 건 단지 서로의 관계일 뿐, 내 사랑까지 끝난 건 아니잖아.

지금도 그 사람을 생각하는 것만으로도 이렇게 가슴이 아픈데, 이런 내가 그 사람을 어떻게 잊을 수 있겠어. 사랑이 계약도 아니고 단순히 관계가 끝났다고 끝나는 것도 참 웃긴 거지. 그 사람을 생각할 때마다 아픈 이 감정들이 무뎌지고, 어느 순간에는 더 이상 그 사람을 생각조차도 하지 않게 될 때, 그제야 내 사랑은 끝날 것 같아. 이렇게 나를 아프게 한 그 사람이 밉냐고? 아니, 그건 좋아함의 정도에 따라 느껴지는 게 다른 것 같아. 비록 아프긴 하지만, 그냥 좋은 추억을 준 것에 고마워.

그래서 헤어지고도 그립냐고? 그리워서 뭐 어쩌겠냐고? 그래 맞아. 뭐 어쩌진 못해. 근데 내가 그 사람에게 다시 비참한 마음으로 연락하겠다는 것도 아니고 그냥 그리우면 혼자 그리워해도 되는 거잖아. 내가 다시 사귀고 싶다는 것도 아니고, 나도 지금의 내 상황을 잘 알고 있잖아. 이제 다시는 그 사람 곁으로 돌아갈 수 없다는 걸 잘 알고 혼자 잘 견디고 있잖아.

사실 단순히 헤어진 그 사람에 대한 그리움보다는, 그냥 누군가를 사랑했고 누군가에게 사랑받던 그 시절의 내가 그리워. 시간이 지났으면 좀 잊으라고? 시간이 지났다고 잊는 건 기억이지, 좋았던 추억을 어떻게 잊을 수 있겠어. 아직도 생각하는 것만으로도 이렇게 가슴이 아픈데, 이런 내가 어떻게 잊을 수 있겠어. 아무리 시간이 지나도 추억은 그저 무뎌질 뿐이더라. 이렇게 가끔 든 그 사람 생각에 그리워하며 가슴이 아릴 정도로 단순히 무뎌졌을 뿐이더라고. 그래서 나는 못 잊어. 그럴 자신도 없고. 결국은 잃고 나서야 알겠더라. 나는 아직 그 사람을 잊을 자신이 없다는 걸.

나는 아직도 그 사람과 나눴던 지난 대화들을 찾아보곤 해. 이제는 그럴 수 없어서, 그렇다고 먼저 연락할 용기도 없기에 그저 지난날의 대화를 찾아보게 되고, 그 사람과 함께 찍은 사진들을 보며 혼자 추억하게 되더라. 그래, 이럴수록 내가 더 힘들어지는 건 아는데 절제가 안 돼.

오히려 이제는 잊으려고 노력해야 되는데, 이렇게 계속 추억하게 되더라고. 요즘은 영국의 소설가 조지 엘리엇이 한 말이 계속 떠올라. '오직 이별의 아픔 속에서 사랑의 깊이를 깨닫게 된다.'라는 말. 나는 그 사람을 참 깊게 사랑했나 봐. 마음이 변해서 떠난 그 사람이, 지금 이 순간에도 이렇게나 보고 싶어지는 걸 보면.

헤어지고
3달 만에
연락이 왔다

평소와 같은 하루였다. 운동을 다녀와서 샤워 후 방으로 돌아와 휴대폰을 보니 그리운, 아니, 다소 당황스러운 연락이 와 있었다. 전 여자친구로부터 온 "잘 지내?"라는 메시지. 물론 사람들은 이게 뭐가 당황스러운 연락이냐고 하겠지만, 사실 우리는 헤어지고 서로 연락을 주고받은 적이 없었다. 서로에 대한 악감정은 없었지만, 약간의 불편함이 있었다고 할까.

우리는 서로 싸우거나 바닥까지 드러내다 헤어진 것은 아니었기에, 물론 좋은 이별이라고 표현할 수는 없지만 그렇다고 그리 나쁜 이별 또한 아니었다. 어느 순간부턴가 만남이나 연락 등이 서로에 대한 사랑의 표현이 아닌, 그저 서로에 대한 예의 및 의무로 느껴지기 시작하면서 서로가 지쳐갔다. 그러다 올해 2월의 어느 밤, 한 조용한 술집에서 그녀는 나에게 헤어지자고 했고, 우리는 그렇게 서로의 마지막 잔을 비웠다.

먼저 헤어지자고 했다고 그녀를 미워한 적은 절대 없었다. 오히려 내 주변 친구들이 우리의 이별에 대해 물으면, 혹시나 그녀를 욕할까 봐 그저 내가 마음이 변해서 내가 먼저 헤어지자고 했다고 말하고 다녔으니까. 근데 사실 누가 먼저 헤어지자고 했는지는 우리에게는 큰 의미가 없었다.

서로에 대한 사랑보다는 그저 헤어질 이유가 없기에 사귀는 관계가 유지되고 있다는 것을 서로 느끼고 있었고, 그렇기에 누가 먼저 헤어지자고 해도 전혀 이상하지 않을 상황이었으니까.

그런 그녀에게 3달 만에 연락이 온 것이다. 어떻게 답장을 보낼까 고민하다가 그냥 태연하게 "응, 나는 잘 지내지. 너는 잘 지내?"라고 답장을 보내며 대화를 이어갔다. 그런데 그녀가 갑자기 지금 만나는 남자가 있다며 곧 사귀게 될 것 같다는 소식을 나에게 건넸다. 순간 당황스러웠다. 그녀가 새로운 연애를 하게 될 것이라는 소식 때문이 아니라, 그러한 소식을 나에게 말하는 것이 당황스러웠다. 다 헤어진 상황에서 굳이 나에게 그런 사실을 말하는 이유가 궁금해서 물었다. 짧은 침묵이 흐르고 그녀에게 장문의 답장이 왔다.

“오빠 나랑 헤어지고 이상한 거 하고 있다며. 어제 술 마시러 나갔다가 우연히 오빠 친구를 만나서 들었어. 잘못이라면 먼저 헤어지자고 한 내가 잘못이지 오빠가 뭐 하러 그래? 왜 나한테 미안해해? 주변에 좋은 사람 있으면 소개도 좀 받고, 클럽을 갔으면 자리에 틀어박혀 앉아서 술만 먹지 말고 나가서 여자들이랑 춤도 추고 놀고 그래야지. 괜히 오빠가 나 생각해서 그럴 필요도, 그럴 이유도 없으니까 오빠도 이제는 나 잊고 좋은 사람 만나서 행복했으면 좋겠어.”라는 내용으로.

그래, 사실 나는 그녀에게 약간의 죄책감을 갖고 있었다. 물론 먼저 헤어지자고 한 것도 그녀였고, 서로에 대한 감정이 식은 것도 그녀와 나, 우리 둘 모두 해당하는 것이었지만, 그래도 한결같이 그녀를 사랑하지 못했다는 것에 조금의 죄책감을 갖고 있었다. 그래서 주변에서 여자를 소개시켜준다고 해도 받지 않았고 여자친구와 헤어지고 전에 친했던 여자애들한테 연락이 와도 만나지 않았다.

솔직히 이러한 행동을 오래 할 생각은 아니었고, 한 두세 달 정도는 할 생각이었다. 주변 친구들은 헤어졌으면 끝이지 뭐 하러 그러냐고 했지만, 그게 예의인 것 같았다. 남들은 헤어지고 바로 다른 사람을 만나서 사귀곤 하지만, 적어도 나는 그러기 싫었다. 비록 헤어졌다곤 하나, 바로 다른 사람을 사귀면 상대방에게 그동안의 내 사랑이 거짓으로 느껴질까 봐 겁이 났다. 그러니까 이건 그녀에 대한 예의이기도 했지만 그녀와 만났던 시간 동안의 내 진심에 대한 예의이기도 했다.

그렇게 우리는 마지막으로 서로의 행복을 빌며 연락을 끝냈다. 그 뒤 나는 그녀와의 사진들을 하나씩 지우기 시작했다. 딱히 그녀와 다시 사귀고 싶다든가 그녀를 그리워한 마음으로 갖고 있던 것은 아니었다. 단지 그 시절의 시간과 추억들이 좋았을 뿐이다. 하지만 이런 좋았던 시간과 추억들도 이제는 지워주는 게 그녀의 새로운 행복을 위한 예의겠지.

그리고 앞으로의 나에 대한 예의겠지. 혼자 추억 속에 잠겨서 살아갈 수는 없으니까. 나는 그렇게,

그녀와 헤어지고 3달이 지난 오늘
그녀에게 처음으로 연락이 왔고,
그리고 헤어지고 3달이 지나서야
그녀와 찍은 사진들을 지웠다.

고마웠어.
미안해.
그리고 잘 지내

오늘 친구에게 들었어. 너 새로운 사람을 만나기 시작한다고. 새로 만난 사람은 어쩌면 매운 것도 잘 먹겠지? 우리는 연애 중에 알았잖아. 나는 매운 것을 못 먹고, 너는 매운 것을 좋아한다는 사실을. 매운 거 못 먹는 것을 알면 네가 실망할까 봐, 나 땀도 닦으며 좋아하는 척 엄청 열심히 먹었는데. 어느 순간부터가 너도 눈치를 챘는지 나와 있을 때는 매운 것을 찾지 않더라. 그냥 지금 매운 것을 먹다가 네 생각이 났어.

이제는 너와 헤어지고도 가끔 매운 것을 찾게 되더라.

물론 지금은 지웠지만 너와 헤어지고 나서 가끔 네 SNS도 들어가 보고 너랑 연애 중에 찍었던 사진들도 보곤 했거든. 딱히 너와 다시 사귀고픈 마음은 아니었는데, 그냥 그 시절이 좋았나 봐. 너도 이제 새로운 사람과 새로운 시작을 하는 상황에서 이제 이런 추억을 찾는 것들은 그만두는 게 너에 대한 예의겠지. 이제 추억을 꺼내보기보다는 이렇게 추억은 과거에 묻어두는 게 서로를 위하는 거겠지.

우리 헤어지던 날 네가 그랬잖아. 미안한데 우리 안 맞는 것 같다고. 헤어지자고. 사실 내가 더 노력하겠다고 하며 붙잡고 싶었어. 하지만 그것 자체가 너를 더 힘들게 할 것 같더라.

나는 매운 것을 먹으려고 노력했지만, 너는 그런 나를 보며 네가 좋아하는 매운 것을 포기했던 것처럼. 내 마음이 너에겐 부담이 될까 봐, 그래서 그렇게 너를 떠나보냈어.

사실 그때 그렇게 갑자기 헤어져서 미처 하지 못한 말들이 많아. 우선 고마웠어. 이런 나를 사랑해주고 좋은 추억을 갖게 해줘서 고마웠어. 그리고 미안해. 행복을 함께하는 사람이 돼주지 못하고, 그저 이렇게 행복을 비는 사람이 돼서 미안해. 그리고 잘 지내. 나랑 사귈 때 네가 "나 이렇게 행복해도 될까?"라고 말했잖아. 사실 그때 너무 가슴이 아팠어. 너 충분히 사랑받을만한 사람이야. 진심으로 네가 행복했으면 좋겠어.

답장은 보내지 않아도 돼. 그게 서로를 위해 좋을 것 같아. 네가 행복하게 지내는 것으로 답을 들은 셈 칠게.

그냥 네가 새로운 사람을 만나기 전에, 내 친구를 통해 내 안부를 물었다기에 이렇게 글을 적는 거야. 혹시나 나에게 미안해할까 봐, 그러지 않아도 된다고 말해주고 싶어서. 비록 헤어졌지만, 너를 사랑하는 동안은 단 하루도 진심이 아닌 적이 없었어. 지금 이 순간에도 진심이야. 그렇기에 이제는 정말 너와 헤어지려고. 네가 나와 헤어진 지 120일이 지나고, 오늘에서야 이렇게 나는 너와 헤어지려고 해.

고마웠어. 미안해. 그리고 잘 지내.

우리는
너무
어렸었나 봐

우리가 왜 헤어졌더라? 그래, 지금 생각해보니 별 이유 아니었던 것 같아. 어쩌면 꼭 그 이유가 아니어도 언젠가는 헤어졌겠지. 우리는 서로 사랑해서 만나던 게 아니라, 단지 사귀는 사이라는 이유 하나로 이어가는 만남이었으니까. 단지 헤어질 이유가 없어서 지속되는 관계였으니까. 그 어떤 이유라도 우리가 이별하기에는 충분했을 거야. 어른들이 그러더라고.

오래 연애를 하다 보면 서로의 좋은 추억을 갖고 그것에 기대어 사랑을 유지하는 거라고. 근데 우리는 너무 어렸었나 봐. 단지 좋았던 추억만으로 사랑을 붙잡기에는 너무 지쳐버렸으니까. 우리가 만약 조금 더 어른이 되어 만났었다면 우리는 그 말을 이해하고 관계를 더 유지할 수 있었을까. 우리는 그 말을 이해하기에는 너무 어렸던 것 같아. 우리에게 좋은 추억이란 그저 지나간 시간들일 뿐이었으니까.

2°c

이별, 그리고 다시 사랑

"이별을 복습하며 사랑을 예습한다."

시간을
갖자는
말의 의미

최근 들어 우리는 참 많이도 다퉜어. 그러다가 하루는 네가 "우리 2주 정도만 서로 시간을 갖자." 라고 말하더라. 괜찮은 방법이라고 생각했어. 우리에게는 잠시 각자의 생각을 정리할 시간이 필요하다고 생각했거든. 적어도 네가 저 말을 꺼낸 의도를 깨닫기 전까지는 말이야.

너는 약속한 지난 2주일 동안, 나와 만나는 동안은 못 즐기던 이성 친구들과 연락도 하고, 클럽도 가서 처음 만나는 이성들과 술도 마시고 아주 행복해 보이더라. 솔직히 나는 2주라는 기간이 서로 잠시 떨어져 있음으로써 항상 곁에 있을 때는 몰랐던 서로의 소중함도 깨닫고, 서로가 서로의 입장에서 이해하려고 노력하는 시간이라고 생각했거든. 근데 너는 그게 아니었어.

그 왜 흔히들 사람을 보험이라고 표현하는 거 있잖아. 물론 이렇게 표현하는 게 안 좋은 건 아는데, 그래도 원래 보험이라는 게 최선의 선택을 얻지 못할 때를 대비한 최후의 보류를 뜻하는 거잖아. 너의 보험은 우리의 헤어짐을 대비한 네 주변의 다른 이성들이 아닌, 바로 내가 보험이 된 기분이었어. 약속한 2주 동안 더 좋은 사람을 만나면 나와의 관계는 해지가 되고, 그렇지 못하면 그냥 나랑 계속 연장해서 사귀는 그런 보험.

이럴 거면 차라리 시간을 갖자고 하지 말고, 헤어지자고 하지 그랬어. 나는 이 사실을 알기 전, 지난 13일간 조금이라도 너의 입장에서 지난날의 너를 이해하려고 노력하며 나를 반성했고, 심지어 한 번은 네가 너무 보고 싶어서 너에게 내가 먼저 연락할 뻔했잖아. 그리고 약속한 2주가 끝나는 바로 내일, 나는 아무것도 모르고 바보같이 다시 너를 믿고 사랑할 뻔했잖아.

네가 전에 그랬잖아. 헤어지자고 통보하는 거 진짜 나쁜 거라고. 근데 있잖아, 물론 헤어지자고 먼저 말을 꺼내는 게 좋은 것은 아니지만, 서로 사랑하는 관계에서 상대방에게 사귀어도 사귀는 것 같지 않은 외로움을 느끼게 하는 게 얼마나 잔인한 건지 생각은 해봤어? 아마 안 했을 거야. 너는 나를 사랑하지 않았으니까. 적어도 정말 나를 사랑했었다면 절대 이러지 말았어야지.

마지막으로 한 가지만 부탁할게. 내가 내일 헤어지자고 해도 절대 붙잡지 말아 줘라. 최근 13일간의 일을 후회할 필요도 없어. 단순히 이번 일 때문에 감정적으로 헤어지자고 하는 게 아니거든. 너에 대한 서운함을 말하면 자꾸 싸우게 되는 게 싫어서 나 혼자 꾹꾹 참다가 어렵게 결정한 이별이거든. 솔직히 너랑 헤어지고 행복할 자신은 없어. 하지만 지금 나 자신이 너무 비참하고 힘들단 말이야. 이제는 "당분간 연락하지 말자.", "서로 시간을 갖자." 이런 말도 믿지 않으려고. 그런 시간은 오히려 서로를 더 멀어지게 할 뿐이더라. 그저 서로에 대한 마음을 정리하는 시간.

내일이 우리가 약속한 2주의 마지막 날이네.
제발, 내일 우리 헤어지자.

지난날의 내가 너무 어리석었다

상대방에 대한 서운한 감정을 말하면 다투게 될까 봐, 그리고 다툼이 심해지면 결국 헤어지게 될까 봐 두려워서 내 감정을 숨기며 하고 싶은 말을 아꼈다. 결국 이렇게 헤어질 거 조금 더 사귀는 게 무슨 의미였는지. 그렇게 모든 걸 참은 게 무슨 의미였는지. 사실 나 정말 힘들었는데, 그래도 그런 그 사람이 좋아서 정말 힘들었는데. 나는 내가 더 노력하면 될 줄 알았다. 다른 사람들도 다 이렇게 연애를 하는 줄 알았다.

사람의 마음이 항상 한결같을 수는 없다고, 한 사람의 마음이 조금 식어도 지난 예쁜 추억에 기대어 다른 한 사람이 사랑을 노력으로 이어가면 된다고 믿었다. 근데 아니었다. 이미 한 사람의 마음이 식었을 경우, 다른 한 사람의 사랑은 결국 서로를 지치게 하더라. 이런 만남이 뭐라고 매번 설레고, 이런 관계가 뭐라고 혼자 참아왔을까. 사귈 때는 남들도 다 이렇게 연애를 하는 줄 알았는데, 헤어지고 보니 지난날의 내가 너무 어리석었다.

사람 쉽게 믿는 거 아니다

"나는 다른 사람이랑 달라."

그 말을 쉽게 믿지 않기로 했다. 사람은 겪어보기 전까진 모르는 거더라. 사실 나는 저런 말을 한 사람들에게 몇 번 상처를 받은 적이 있다. 그래서 이제는 사랑한다는 말을 들으면 마냥 행복하기보다는 '이 사랑은 얼마나 오래갈까?'하며 사귀기도 전부터 이별을 걱정하게 된다.

나도 사귀기도 전부터 이별을 걱정하는 마음가짐이 잘못된 건 안다. 하지만 몇 번의 만남과 이별이 반복되다 보니까 이제는 알 것 같다. 초반에 아무리 사랑한다 하더라도 그건 이별과는 전혀 상관없다는 것을.

나와 만나는 중에 다른 이성과 바람이 났던 사람
시간을 갖자며 갑자기 이별 잠수를 했던 사람
혼자만 감정을 정리한 채 이별을 통보했던 사람
모두 처음에는, 나를 사랑한다고 했던 사람들이다.
그렇게 나를 사랑한다던 사람들과 이별을 반복하다 보니까
이제는 연애를 시작하는 게 조금은 조심스럽다.

사람 쉽게 믿는 거 아니더라, 진짜.

이
모든 게
권태기였더라.

흔히들 권태기라고 하는 거 있잖아. 서로가 서로를 질려 하고 싫어하게 되는 시기. 나는 권태기가 이런 건 줄 알았거든. 서로가 서로를 질려 하며 싫어지는 거니까, 솔직히 나는 권태기가 와도 서로 알아차리고 대화도 더 많이 하며 잘 극복할 수 있을 거라 생각했어. 근데 아니더라.

물론 처음처럼 매일은 아니었지만, 그래도 일주일에 두세 번씩은 꾸준히 서로 시간을 내며 만났어. 하지만 만나서 서로의 하루를 물으며 대화를 하던 우리였는데, 어느 순간부터는 만나도 각자의 휴대폰만을 보며 SNS를 통해 서로 다른 사람의 하루를 들여다보고 있더라. 우리는 비록 꾸준한 만남을 유지해왔지만, 이렇게 같은 장소에서 서로 다른 시간을 보냈던 거야.

가끔 데이트를 할 때도 그랬어. 같이 영화도 보고 밥도 먹고 카페도 가고, 처음과 같다고 생각했어. 근데 지금 생각해보니 아니었더라. 작년 겨울 기억나? 솔직히 각자의 호주머니에 두 손 꼭 넣고 걷는 게 더 따듯하지만, 굳이 서로 손을 꺼내서 꼭 잡고 걸었었잖아. 그 추운 겨울에도 말이야. 근데 어느 순간부턴가 우리는 걸을 때 손을 잡지 않더라. 물론 잡긴 잡았지. 다른 커플들이 손잡고 걷는 것을 보고 의식해서. 그리고 그마저도 손에 땀이 찬다는 이유로 금방 놓아버렸지만.

연락 문제에서도 그래. 우리는 서로와의 연락을 소홀해하진 않았어. 그런데 분명히 변한 건 있었어. 단순히 연락의 내용을 말하는 게 아니라, 그 연락을 할 때의 마음이. 처음에는 "나 지금 밥 먹어요~ 여보는 밥 먹었어?"하며 연락했잖아. 근데 이제는 "나 지금 밥 먹어." 이게 끝이더라. 우리에게 연락은 관심의 표현이 아니라, 이제는 단지 서로 의무가 된 거야. 딱, 거기까지였던 거야.

다른 커플들 보면 서로 안 맞는 게 있으면 가끔은 다투기도 하잖아. 생각해보면 우리도 연애 초반에는 참 많이 다퉜어. 근데 어느 순간부턴가 서로 안 맞는 게 있어도 다투기보다는 그냥 서로 이해하며 넘어가게 되더라. 다투지도 않고 나는 이게 좋은 건 줄 알았거든. 근데 지금 생각해보니 우리는 서로를 이해했던 것이 아니라, 그냥 서로에게 무관심했던 것 같아. 서로 다투면서 맞춰가는 것보다는 그냥 서로 이해하며 넘기는 것이 편하다고 생각했으니까.

사실 헤어지기 며칠 전 친구한테 카페에서 연애 상담을 받은 적이 있거든. 근데 친구가 나한테 "너희 권태기 아니야?"라고 말하는 거야. 당연히 아니라고 했어. 우리는 처음처럼 꾸준히 만나고 있었고 데이트도 했고 연락에 문제도 없었으니까. 근데 친구가 "그래서 지금 애인이 보고 싶어?"라고 묻더라. 당연히 사귀는 사이니까 "응!"이라고 했지. 근데 친구가 말하더라. "너 처음 연애할 때는 내가 만나자고 해도 네가 시간 없다 해서 잘 못 봤었어. 근데 오늘도 그렇고 요즘 다, 네가 나한테 먼저 만나자고 연락해서 만나는 거야. 무슨 뜻인지 알겠어?"라고.

순간 많은 생각이 들었어. 그래, 지금 생각해보니 나는 너를 보고 싶냐는 질문에 대한 대답도 정말 네가 보고 싶어서가 아니라, 단지 사귀는 관계라는 것이 이유였어.

일주일에 두세 번의 만남도 주기적인 데이트도 지속적인 연락도 우리는 서로 사랑해서가 아니라, 사귀는 사이라는 관계에서 나온 의무감이었던 거야. 우리는 단지 헤어질 이유가 없어서 지속하던 연애를, 사랑이 아닌 그저 사귀는 관계라는 이유 하나로 지속해온 거야. 우리에게 권태기가 온 줄도 모르고.

권태기라는 거, 마음이 변했을 때 나타나는 큰 행동의 변화를 말하는 건 줄 알았는데, 지금 생각해보니 아니었어. 꾸준한 만남이 중요한 게 아니라, 그 만남 중에 우리는 무엇을 하며 시간을 보냈었나. 단순히 데이트를 했다는 게 중요한 게 아니라, 거리를 걷는 순간마저 우리는 서로 손을 잡으며 서로의 발걸음을 맞췄었나. 단순한 연락의 내용이 중요한 게 아니라, 그 연락에는 서로 어떤 마음이 담겨있었나. 지금 생각해보니, 그동안의 이 모든 게 권태기였더라.

마음이
떠나면 태도부터
달라진다

시간이 없다고 답장이 느렸던 사람이
휴대폰으로 다른 짓을 하고 있었고,
시간이 없다고 내게 이해해달라는 사람이
매번 친구와는 잘 만나고 다니더라.
지금 생각해보니 그 사람에게 없는 건
시간이 아닌, 단지 나에 대한 마음이었던 것 같다.
마음이 떠나면 나를 대하는 태도부터가 달라지
더라.

감정을 정리하는 시간

오늘, 휴대폰 D-day 알람이 울렸다. 연애 3주년이라고. 물론 지금 연애 중인 것은 아니다. 단지 작년에 헤어지고 깜빡해서 미처 설정을 지우지 못했을 뿐이다. 작년의 오늘, 나는 2년을 사귄 사람과 하루 만에 헤어졌다. 우리는 제법 많은 부분이 통했고 그렇기에 여느 연인들처럼 잘 사귀고 있었다. 아니, 적어도 나는 그렇다고 생각했다. 정확히 그 사람이 변해가기 시작한 것은 우리가 헤어진 날로부터 1주일 전이었다.

처음 연락이 느려졌을 때는 '무슨 사정이 있나 보네.'하며 이해하고 넘겼다. 사실 2년이면 이런 부분은 크게 신경 쓰지 않고 이해하며 넘기는 것에 익숙해진 시기니까. 그런데 2주년 기념 만나기로 한 약속도 갑자기 취소하자고 하고, 어느 순간부터는 나와의 만남 자체를 피하는 느낌이 들었다. 심지어 헤어지던 날 아침부터는 아예 나의 연락을 읽지도 않았다. 수없이 연락을 보내고 그렇게 기다림을 반복했다. 그러던 중 그날 저녁, 그 사람에게 연락이 왔다. "나 할 말이 있어."라고.

느낌이 왔다. '아, 헤어지자고 말하려는 거구나.' 그래서 바로 답장을 했다. 제발 아무 말도 하지 말아 달라고, 우리 만나서 얘기 좀 하면 안 되겠냐고. 하지만 그 사람은 나의 바람과는 다르게 계속 자신의 할 말을 이어갔다. 우리 그만하자고. 이제 헤어지자고. 딱히 내가 어떠한 잘못을 한 것도 없었기에, 왜 그러는지 이유만이라도 알려달라고 물었다.

하지만 나에게 돌아오는 것은 몇 번의 미안하다는 연락뿐이었다. 그러다가 “제발 다시 한 번만 생각해 줘.”라는 내용을 마지막으로 그 사람과의 연락은 끊겼다.

“제발 다시 한 번만 생각해 줘.”

하루, 일주일이 지나도 여전히 메신저의 1은 사라지지 않았다. 오늘에 와서야 이런 생각이 들었다. 그게 그 사람에게 해줄 수 있는 마지막 한 줄이었다면, 더 좋은 말을 해줄걸. 그동안 고마웠다고, 꼭 좋은 사람 만나라고. 이미 끝난 관계는 끝났다는 것을 알면서도 그때의 나는 왜 그렇게 매달리기만 했는지 후회가 된다. 그래서 나와 같은 상황을 겪을 사람들이 있다면 말해주고 싶다. 이별은 서로의 관계를 정리함과 동시에 그간의 감정을 정리하는 순간이라고.

부질없는 매달림에 힘쓰기보다는 이미 끝난 관계를 받아들이고, 고마운 건 고마웠다고 미안한 건 미안했다고 말하며 그간의 감정을 정리하는 시간을 가졌으면 한다. 나처럼 그 짧은 말 한마디를 못해준 것에 후회할 일이 없도록.

사람,
고쳐 쓰는 거
아니야

한번 헤어졌던 사람과 다시 사귄 적이 있다. 처음 헤어졌을 때 그 사람에게 연락이 왔다. “헤어지고 나서야 얼마나 너를 사랑하는지 알았어. 한 번만 더 기회를 줘."라고. 그래도 그 사람에게 남은 조금의 감정 때문이었을까? 한 번 더 그 사람을 믿어보기로 했다. 다시 사귀고 나서 처음에는 조금 어색했다. 그래도 이전과는 다르게 나를 배려해주며 노력하는 것 같았다.

그렇게 그 사람에게 다시 마음을 열어가고 있었는데, 딱 그 순간부터 그 사람은 다시 변해갔다. 결국 처음 이별할 때와 똑같은 상황까지 오게 됐다. 하지만 처음 이별과는 조금은 달라진 것도 있었다. 나는 이제는 조금 더 확신을 갖고 헤어지자는 말을 꺼낼 수 있었고, 그 사람은 이제는 나를 붙잡지 조차 않았다는 것이다. 그래, 그저 딱 그 정도였던 거겠지. 처음 나와 헤어지고 그 사람이 나를 붙잡을 때의 마음은, 당장은 사랑인 줄 알았지만 돌이켜보니 그저 미련이었던, 딱 그 정도였던 거겠지. 이제는 미련 없이 나를 놓는 걸 보면, 사랑이 아닌 그저 작은 미련으로 나를 붙잡았던 거겠지. 나는 그것도 사랑이라 믿고 혼자 바보처럼 흔들렸을 뿐이고. 헤어지고 전 애인에게 연락이 왔다는 게, 꼭 그 사람이 바뀌었다는 뜻은 아니더라. 그저 아쉬운 마음에 바뀐 척할 뿐이지. 사람, 고쳐 쓰는 거 아니다. 한번 나에게 상처를 준 사람은 다시 믿음을 준다 한들 결국은 또다시 상처를 주더라.

주변 이성 관계

연애를 하면서 언제가 가장 비참했냐고? 상대방의 주변 이성 관계에 질투심이 생길 때. 그런 질투심을 입 밖으로 꺼내봐야 어른답지 못해 보일까봐 한참을 참다가 말을 꺼낸 적이 있거든. 그러니까 상대방이 내게 그러더라, “내가 지금 사귀고 있는 사람은 너야. 뭘 그렇게 불안해해?” 그래, 분명 그 사람과 사귀고 있는 건 나인데 그런 나보다 주변 이성과의 관계를 우선시하는 모습이 보이면 그게 그렇게 서운하더라고.

정작 애인은 분명 난데, 그런 내가 고작 주변 이성들에게 질투를 느낀다는 감정 자체가 나를 참 비참하게 하더라. 상대방의 주변 이성들이 나를 신경 쓰는 게 아니라, 오히려 내가 상대방과 그 사람들과의 관계를 배려하며 신경 써야 되는 그 상황이 나를 참 비참하게 하더라고.

특히 상대방의 주변 이성 관계로 다툼이 있는 날은 참 억울하더라. 왜 굳이 우리가 둘의 관계가 아닌, 제3자로 인해서까지 다퉈야 되나 싶고. 물론 말로는 항상 나를 우선으로 한다고 하지만, 가끔 행동은 나 아닌 다른 사람이 우선인 느낌이 들었어. '나는 얘가 전부인데, 얘한테 나는 이것밖에 안 되는 사람인가.'하며 참 억울하더라. 물론 각자의 인간관계도 존중해줘야지. 하지만 그런 인간관계를 지키기 위해서는 마냥 상대방에게 이해를 강요하기보다는, '나는 그래도 항상 네가 최고야.'라는 마음이 전해지도록 평소 잘 행동하는 게 먼저 아닐까.

조금만 더 솔직해져 볼걸

그거 기억나? 사귈 때 네가 그랬잖아. 매운 거 먹을 때 우유랑 같이 먹으면 덜 맵다고. 오늘 매운 걸 먹다가 네가 해준 말이 생각나더라. 아, 그리고 나 머리 잘랐거든? 짧은 머리도 잘 어울릴 거 같다고 네가 그랬었잖아. 뭐, 나쁘지는 않은 것 같아. 저번 주에는 친구랑 영화를 보러 갔는데 자연스레 팝콘을 샀어. 친구가 나한테 "야, 너 팝콘 안 먹잖아."라고 말하더라. 그러게. 팝콘은 네가 좋아했는데 갑자기 내가 왜 그랬는지 모르겠다.

지금도 내가 왜 이러는지 모르겠어. “보고 싶다.” 그냥 이 말 한마디면 되는 거였는데, 너무 말이 많았네. 보고 싶다. 네가 너무 보고 싶어.

사실 이래서 헤어지자고 말한 너를 붙잡기가 겁이 났었어. 그래서 붙잡을 수가 없었어. 지금도 이렇게 너에게 길들여져서 습관처럼 너를 떠올리는데, 만약 너와 더 사귀고 그렇게 너에게 더 물드는 게 두려웠었어. 물론 항상 네 생각을 하며 사는 것은 아니지만, 괜찮아졌다고 생각이 들 때마다 너는 순간순간 자꾸 떠오르더라. 계속 생각하면 나만 아파질 게 뻔한 사람을 나도 내가 왜 이렇게 계속 생각하는지 모르겠다. 내 마음조차 내 마음대로 할 수 없는 지금의 내가 너무 분해. 솔직히 이렇게 헤어지고도 혼자 이럴 거면, 차라리 그때 너를 그냥 붙잡을걸. 괜한 생각에 너를 쉽게 놓아버린 나 자신에게 너무 분해. 연애를 하며 이것저것 너무 복잡하게 생각하지 않고, 내 감정에 솔직해져 볼 걸.

다가오지 않은 미래의 두려움보다는 당장의 감정에 솔직하게 너를 붙잡을걸. 그러지 못한 나 자신 때문에 너무 분하고 후회돼. 보고 싶다. 연락하고 싶다. 다시 잡고 싶다. 겁이 많았던 지난날의 연애가 너무 후회가 돼. 조금만 더 용기 내서 솔직해져 볼걸.

놓는 것에
더 큰 사랑과
용기가 필요했음을

누군가를 사랑하지만 놓아준 적이 있나요? 저는 있어요. 참 아프더라고요. 저는 그 사람이 없으면 당장이라도 죽을 거 같은데, 그 사람은 저랑 헤어져야 행복할 거 같아서. 저는 이미 온갖 노력을 다 했는데 행복해 보이지 않은 그 사람을 보고, 저는 그 사람에게 행복이 될 수 없다는 것을 깨달았어요. 그렇게 놓아줄 수밖에 없었어요. 저는 그 사람과의 평범한 대화조차도 행복한데, 그 사람은 더 이상 그렇지가 않대요.

왜 붙잡지 않았냐고요? 그러면 그 사람이 힘들어질 것 같아서요. 그래도 사랑하면 붙잡게 될 거라고요? 아니요, 오늘에서야 알게 되었어요. 사랑하는 사람을 붙잡는 것보다 사랑하는 사람을 놓아주는 것에 더 큰 용기와 사랑이 필요하다는 사실을. 그렇게 그 사람에게 끝까지 좋은 사람으로 남고 싶었어요. 그 사람은 알까요? 이런 제 사랑을.

평범한
순간들이 가장
그리운 추억으로 남더라

여자친구랑 같이 침대에 누워서 유튜브도 보고, 배고프면 같이 배달의 민족 어플로 뭘 시킬까 고민하다가 같이 시켜먹고, 졸리면 팔베개도 하며 한숨 자고. 가끔은 꼭 특별했던 것보다는 이런 일상적인 추억들이 그립기도 하더라. 헤어지기 전에는 미처 몰랐다. 나란히 길을 걷던 그런 아주 일상적인 추억이 내가 가장 그리워하는 순간이 될 줄은. 그리고 그런 일상 속의 평범한 추억들이 나를 이렇게 아프게 할 줄은.

때로는 일상 속의 아주 평범한 순간들이 돌이켜 보면 가장 소중한 추억이기도 하더라. 보고 싶다. 이럴 줄 알았으면 바빠도 시간 핑계대지 않고 더 많이 보고 더 많이 사랑할 걸 그랬다. 만약 그 사람과 헤어지기 하루 전날 밤, 그 사람에게 요즘 무슨 일이 있냐고 딱 한 번이라도 물었었다면 지금의 관계는 달라졌을까. 그래, 그게 무슨 소용이 있겠어. 우리는 이미 헤어졌는데.

잊는 게
아니라
무뎌지는 것

너와 헤어지던 그날도 오늘처럼 비가 내렸어. 작년 6월이었으니 그때도 오늘 같은 장마의 시작이었네. 갑자기 네 생각이 나더라. 그렇다고 지난 1년간 너를 그리워한 건 아니야. 그냥 우연히 비가 와서 친구와 막걸리를 마시러 나온 오늘, 우연히 우산 하나를 나눠 쓰고 걷는 커플을 보고 예전 우리의 생각이 떠올랐어.

갑자기 담배를 피우고 싶었어. 사실 나, 너랑 헤어지고 나서 한 달 정도 지나고 담배도 끊었었거든. 마침 지나가던 길 옆에 편의점이 있어서 담배를 샀어. 가끔 그런 날 있거든. 약간 꼴값처럼 보일지는 몰라도 기분은 우울한데 그런 우울을 더 깊게 느끼고 싶은 그런 날.

그래서 담배는 맛있게 다 폈냐고?

아니. 딱 두 번 입에 물고 껐어. 오랜만이라 그런지 아팠거든. 오랜만의 담배 연기에 내 목이, 그리고 오랜만의 네 생각에 내 가슴이 아파지더라. 너랑 헤어진 지도 1년이 지났고 정말 너를 다 잊어서 괜찮을 줄 알았거든. 근데 아니었어.

더 우울해지고 싶었다며 왜 껐냐고? 아플 줄 몰랐냐고?

솔직히 알았지. 근데 갑자기 막상 아픔을 느끼고 나니까 겁이 났어.

이제 장마 시작이라 비는 계속 내릴 텐데 그때마다 힘들게 끊었던 그 아픈 담배를 다시 피게 될까 봐, 그렇게 너를 떠올리다가 혼자 너를 추억하는 그 아픈 경험을 다시 겪게 될까 봐 겁이 났어. 나 사실 작년에 너랑 헤어지고 정말 힘들었었거든. 밤이 되면 쓸데없이 감수성에 잠도 안 와서 너의 SNS도 들어가 보고, 그러다 잠에 들어도 우연히 지난날의 너에 대한 꿈을 꾸는 날이면 잠에서 깨어 새벽에 울다가 다시 잠에 들곤 했거든. 네가 헤어지자고 해서 우리는 이별을 했지만, 우리가 헤어졌다고 내 사랑까지 끝난 것은 아니었어. 매일 너를 생각할 때마다 아픈 내 감정이 무뎌지고, 더 이상 매일 그런 너를 생각하지조차 않게 될 때, 그제야 내 사랑은 끝난 거였거든. 그래도 이제는 너를 잊은 줄 알았는데 아니었나 봐. 이렇게 1년이 지난 오늘도 고작 비 하나로 네 생각이 나며 이렇게 아파지는 걸 보면.

지난 사랑은 잊는 게 아니라,
시간이 흐르며 단지 무뎌지는 거더라.

반복
되는
기다림

연애를 하면서 언제부턴가 나는 기다리는 것에 익숙한 사람이 되었다. 상대방이 나에 대한 태도가 변해도, 개인적으로 안 좋은 일이 있을 거라 생각하며 다시 그 사람의 태도가 돌아오기를 기다렸다. 연락이 조금 느려져도, 바쁜 사정이 있을 거라 이해하며 그 사람의 연락을 기다렸다. 물론 처음에는 다소 서운한 감정도 있었지만, 다른 사람들도 다 이렇게 연애를 할 거라 생각하며 기다렸다.

그 과정 속에서 나는 점점 지쳐갔지만 애써 괜찮은 척하며 기다렸다.

그러다 하루는 그 사람이 갑자기 바쁜 일이 생겼다며 나와 만나기로 한 약속을 취소한 적이 있었다. 알고 보니 피시방에 있다는 것을 확인하고 그 사람이 있는 피시방 앞으로 찾아가 잠시 나오라고 연락을 보냈다. 오늘은 꼭 할 말을 해야겠다고 굳게 다짐을 했었다. 근데 막상 만나니 아무 말도 안 나오더라. 그렇게 짧은 침묵이 흐르고 그 사람이 먼저 나에게 말을 건넸다. "말해."라고. 좀 당황했다. 그 사람은 너무 떳떳했고 대체 내 입에서 무슨 말이 나올 줄 알고 "말해."라고 말하는지. 근데 나도 참 웃긴 게, 보통 이 상황이면 욕을 하고 헤어지자는 말이 나와야 정상인데 나도 모르게 "나 너 만나는 게 너무 힘들어."라는 말이 나왔다. 그 사람이 용서를 빌면 다시 받아줄 마음이 있었던 걸까. 모르겠다.

그 당시 나는 그런 그 사람이라도 좋아했기에 바로 헤어지기에는 겁이 났었나 보다. 사실 “미안해. 내가 잘못했어. 앞으로는 안 그럴게.” 등 최소한의 사과는 할 줄 알았는데, 이어서 그 사람이 한 말에 내 마음이 무너졌다.

“그래서 어떻게 하고 싶은데?”

순간 머리가 띵했다. 대체 내가 뭐라고 답해야 할지. 그 사람은 아직 사과도 안 했는데 “이번 한 번만 용서해 줄게. 앞으로는 절대 그러지 마.”라고 말할 수는 없는 거니까. 그제야 떠올랐다. 이거구나. 이렇게 이별을 유도하는 거구나. 그 상황에서 내가 할 수 있는 말이라고는 “헤어지자.”밖에 없었다. 그렇게 먼저 내가 헤어지자는 말을 꺼내니, 그 사람은 기다렸다는 듯이 나를 한 번도 붙잡지 않고 “그래, 알겠어.”라고 말하며 우리의 연애는 끝이 났다.

그날 밤, 집으로 돌아와 누웠지만 도저히 잠이 오지 않았다. 헤어지기는 했지만 그 사람은 정말 나쁜 사람이었지만, 그래도 지난날 그 사람이 잘 해줬던 모습들도 떠오르고 뭔가 마음이 복잡하고 눈물이 났다. 그렇게 폰을 만지작거리며 나는 내가 가장 잘하는 것을 하기 시작했다.

기다림.

혹시라도 미안했다며 나를 붙잡는 연락이 올까 봐, 헤어졌지만 나는 여전히 그 사람을 기다렸다. 그러다 그 사람의 SNS를 들어가 봤는데 "하, 차였다. 힘들다."라는 내용의 글이 올라와 있었다. 그리고 댓글에는 다들 "힘내."하며 그 사람을 위로하는 글이 적혀있었다. 더 열 받는 것은 누군가의 "왜 헤어졌어?"라는 댓글에 그 사람이 "몰라, 차였어. 술 마시자."라고 답글을 남겼다는 사실이다.

너무 어이가 없고 화가 났다. 사귀는 과정에서도 항상 나 혼자 아프고 견뎌야 했는데, 왜 헤어지고도 이렇게 나 혼자 아파야 하는지 너무 억울했다. 정작 기다리며 힘들었던 것은 나였는데, 대체 그 사람은 뭐가 힘들다는 것인지 너무 화가 났다. 그래서 그 사람한테 바로 "야!"라고 먼저 연락을 보냈다. 다행히도 읽긴 읽더라, "왜?"라는 답과 함께.

너무 어이가 없어서 할 말을 다 했다. 적어도 이제는 나 혼자 아파할 필요는 없다고 생각했으니까. "네가 차이긴 뭘 차여. 네가 이별을 유도했잖아." 부터 "너는 어떻게 헤어지자마자 다른 사람들이랑 술 마시고 놀 생각을 해?"까지 속에 담아둔 말들을 다 했다. 그러니 그 사람이 "헤어졌는데 네가 무슨 상관이야? 그리고 네가 힘들다며 먼저 헤어지자고 한 건 맞잖아."라고 나에게 답장을 보냈다.

그제야 깨달았다. 나는 참 의미 없는 기다림을 반복해왔음을. 항상 기다리는 사람만 기다리게 됨을. 그리고 그 기다림 끝에 나에게 돌아오는 것은 그저 반복되는 나의 기다림뿐임을.

이별 유도

이별 유도를 겪어본 적 있나요? 저는 있어요. 어느 순간부터인가 상대방이 일부러 제가 싫어하는 행동만 하더라고요. 사실 처음에는 화도 내며 다퉈봤죠. 근데 변하는 것 없이 다툼만 반복되다 보니 지쳐가더라고요. 어쩌면 이때 헤어지자고 하는 게 맞았을 것 같네요. 하지만 당시의 저는 그런 상대방이라도 붙잡고 싶었나 봐요. 결국은 반복된 다툼을 피하기 위해 이별 대신 제가 참는 것을 선택했으니까요.

하지만 이런 서운함을 혼자 참으며 지내다 보니 어느 순간에는 외로움이 느껴졌어요. 맞아요, 저는 분명 연애를 하는 중인데 외로움이 느껴졌어요. 그러다 하루는 상대방에게 결국 서운함을 말로 표현하고 말았죠. "너 대체 왜 그래?"라고. 그러자 상대방이 그러더군요, "힘들다. 우리 그만하자."

참 억울했어요. 정작 참으며 힘들었던 건 난데, 대체 뭐가 힘들다는 건지. 내가 뭘 잘못했나? 괜히 내가 화를 냈나? 내가 더 참았어야 했나? 이별의 이유가 저 때문인 것 같아서 처음에는 혼자 참 아파했어요. 근데 헤어질 당시에는 그 사람에 대한 감정이 남아서 보이지 않던 것들이 조금 시간이 흐르고 나니 알게 되더라고요. 헤어진 이유는 제 잘못이 아니라 단지 상대방이 더는 저를 사랑하지 않았기 때문이고, 상대방이 힘들다고 한 이유는 자신의 마음에도 없는 저와 사귀는 것 때문임을.

만약 여러분이 저와 같은 상황에 놓인다면, 절대 혼자 참지 않았으면 해요. 이미 마음이 떠난 사람과 더 사귄다 한들 결국 자신만 더 힘들게 헤어질 테니까요. 반대로 여러분이 연애를 하다가 감정이 식었다고 하더라도, 절대 이별을 유도하는 행동은 하지 않았으면 해요. 진심으로 사랑했다면 최소한 이별에도 예의를 지켜줘야죠. 사람은 첫인상으로 그 사람을 판단하고, 끝 인상으로 기억되기 마련이거든요. 아니, 애초에 쉽게 식을 사랑이라면 감히 함부로 연애를 하지 마세요. 한순간의 설렘이라는 호기심 때문에, 굳이 서로 이별이라는 상처를 남길 필요는 없으니까요.

가벼운
연애에 익숙해지지
않길 바라며

이런 연애를 해본 적 있나요? 누군가가 자신에게 관심을 주면, 그 사람이 싫지 않은 이상 일단 사귀어보는 연애. 그러다가 안 맞는 것 같으면 그제야 끝을 내는 연애. 사실 저도 그랬거든요. 누가 자신에게 관심이 있다는 걸 알게 되면 없던 마음도 조금은 생기고 그 사람을 자꾸 의식하게 되잖아요. 그렇게 우리는 종종 새로운 사람에게 끌리곤 하잖아요.

근데 어쩌면 그건 사랑이 아닌 단지 새로운 사람이기에 느껴지는 잠깐의 설렘, 이런 호기심일 수 있습니다. '내가 좋나? 내가 어디가 좋지?'하는. 문제는 그런 설렘은 얼마 못 가요. 그런 호기심만 풀리면 쉽게 질려버릴 테니까요. 쉽게 사귀고 쉽게 헤어지는, 그런 가벼운 연애에 익숙해지지 않았으면 합니다.

뭐든 처음이 어렵고 그다음은 쉽다는 말이 있잖아요. 연애도 똑같아요. 언젠가는 그런 가벼운 연애와 이별에 익숙해지겠죠. 그리고 느끼겠죠. 사랑 참 부질없다고. 제대로 된 사랑을 한 적도 없으면서 말이에요. 차라리 사귀기까지 많은 노력이 필요하더라도 좀 더 신중히, 그렇게 더 깊은 연애를 했으면 합니다. 제가 경험해보니까, 차라리 이런 연애는 헤어지더라도 많은 것을 깨닫게 해주거든요. 서로 사랑하며 맞춰가는 자세, 이별에 대처하는 마음가짐 등등. 그러니 빈껍데기 같은 가벼운 연애는 하지 않길 바랍니다.

사람들이 “나 아무나하고는 안 사귀어.”라고 말하곤 하잖아요. 근데 연애를 시작한 이유가 단지 상대방이 자신을 좋아했기 때문, 단지 그뿐이라면 그게 아무나 사귀는 거예요. 연애의 이유가 단지 상대방이 자신을 좋아해서가 아니라 그 이유를 자신의 마음에서 찾을 수 있는, 그렇게 자신이 정말 좋아하는 사람을 만나서 진실한 연애를 했으면 합니다. 가벼운 연애에 익숙해지지 않길 바랍니다.

쓰레기는 거르자

참 많은 것이 통하고 정말 좋은 사람이라 생각했다. 나와 같은 이별의 아픔을 겪었다기에 서로의 상처에 공감하며 그렇게 서로를 이해하며 감싸주는 연애를 할 수 있을 거라 생각했다. 하지만 그것도 잠시였다. 그리 길지도 않았고 정말 잠시였다. 그 사람은 쉽게 변해갔고 결국에는 나에게 더 큰 상처를 주고 떠나갔다. 사람들이 흔히 말하는 쓰레기. 그래, 딱 쓰레기 같은 사람이었다.

상대방의 상처에 공감하는 척 속여 마음을 얻고, 결국 그런 마음에 더 큰 상처를 주고 떠나는 그런 쓰레기. 매번 이런 쓰레기 같은 사람들만 만나다 보니까 하루는 주변 친구들이 나에게 물었다. 왜 쓰레기들만 만나고 다니냐고, 그런 취향이냐고. 근데 그런 취향인 사람이 어딨을까. 쓰레기들도 처음에는 사랑꾼인척하는 게 문제겠지.

만약 나와 같이 쓰레기를 만나서 아파하는 사람들이 있다면 말해주고 싶다. 정작 상처를 준 쓰레기는 헤어지고도 잘 산다. 애초에 마음을 준 적이 없어서 아쉬울 것도 없기에, 항상 진심을 준 사람만 아픈 법이다. 그리고 쓰레기도 문제지만, 그런 쓰레기를 쉽게 못 놓는 우리도 문제다. 그러니 우리 이제는 조금 덜 아픈 사랑을 하자. 항상 사람을 조심하고 사랑에 신중하며 그렇게 덜 아픈 연애를 하자. 서로 행복해지기 위한 연애 속에서 혼자 불행해지는 사랑을 하지 않길 바란다.

고백의 타이밍

20살의 내 첫 고백은 거절당했다. 그 사람의 친구들도 그 사람이 나를 좋아한다고 확신을 줘서 한 고백이었고 그간의 분위기로 보아도 절대 거절당할 일 없다고 생각하여 한 고백이었기에, 이유가 궁금하여 그 사람에게 물었다. 나를 좋아한다고 들었는데 거절한 이유라도 알려줄 수 있겠냐고. 그러자 그 사람이 말했다. 나를 좋아하긴 했지만 썸의 기간이 너무 길었다며 썸을 2주 이상 끄는 사람이 어딨냐고.

당시의 어렸었던 나는 그런 복잡한 것은 알지 못했다. 당시의 어리석었던 나는 그게 정말 거절의 이유라고 생각했었다. 내가 썸을 오래 끈 것이 나의 망해버린 고백의 이유라고 그렇게 나를 자책했었다. 그래서 그다음부터는 절대 썸을 2주 이상 끌지 않았다. 그렇게 나의 모든 관계는 2주 안에 정리가 되었다. 솔직히 말하자면, 그래서 많은 연애는 하게 되었다. 하지만 그리 깊은 연애는 아니었다.

사람들은 말한다. 썸의 기간이 너무 길면 잘 될 인연도 끊기기 마련이라고. 사실 나 역시도 그동안은 그렇게 생각했었다. 하지만 지금의 나는 사람들에게 다르게 말해주고 싶다. 썸의 기간에 너무 신경을 쓰지 말라고. 고백의 타이밍은 썸의 기간이 아닌, 자신의 마음에 기준이 있는 거라고. 자신의 마음에 확신이 섰을 때 고백을 하는 게 맞는 거라고. 내가 경험을 해보니 썸의 기간이 너무 짧으면 그만큼 쉽게 서로의 관계가 끝났다.

그래, 물론 썸의 기간을 길게 가진 연인들이라도 연애를 하다 보면 결국에는 여러 가지 이유로 이별을 할 수도 있겠지. 하지만 이 두 관계에는 분명한 차이가 존재한다. 서로의 차이를 깨닫고 시작한 연애와 그러지 못하고 성급히 시작한 연애에는 분명한 차이가 존재한다.

썸이란 연애의 시작 전 설레는 기간, 단순히 이렇게 생각하는 사람들이 있다. 하지만 나는 다르게 생각한다. 썸이란 서로 닮은 점을 통해 설렘을 느끼기도 하지만, 서로 다른 차이를 알아가는 기간이라고. 이 기간을 통해 자신은 그 사람과 맞춰 갈 수 있을지, 그리고 서로는 그 차이를 받아들일 수 있을지를 확인하는 기간이라고 생각한다. 이러한 기간을 가볍게 생각하고 성급히 넘긴 사람들은 사귀고 나서야 '아, 알고 보니 나는 이 사람과 안 맞는구나.'하며 계속해서 보이는 서로의 차이들 때문에 갈수록 지쳐간다.

그러다가 결국에는 서툰 연애를 끝내곤 한다. 하지만 충분한 썸의 기간을 통해 이미 서로의 차이를 깨닫고 연애를 시작한 사람들은 이러한 상황을 받아들이는 자세가 다르다. '아, 이 사람은 나와 이런 점이 다른 사람이었지. 내가 이렇게 하면 되겠구나.'하며 능숙한 자세로 서로의 차이를 받아들이며 서로 맞춰가게 된다.

사실 지금 생각해보면 나의 20살 첫사랑이 끝났던 것은 내가 썸을 오래 끈 것만이 이유는 아니었던 것 같다. 고백을 꼭 내가 먼저 할 필요는 없는 거니까. 결국 그 사람도 나에 대한 마음에 확신이 없던 것이다. 물론 썸의 기간을 통해 나에 대해 잠깐의 설렘과 관심은 생겼었지만, 그게 사귈 정도의 깊은 사랑은 아니었던 것이다. 그래서 만약 지난날의 나처럼 어리고 어리석은 생각을 가진 사람들이 있다면 말해주고 싶다. 누군가에게 고백을 하기 전에는 썸의 기간보다는 자신의 마음에 신경을 썼으면 한다.

썸이 길다고 상대방이 자신을 떠나갈까 봐 성급할 필요도 없다. 단지 썸이 길다고 자신을 떠날 사람이라면, 애초에 사귄다 하더라도 그리 긴 연애는 못했을 테니까. 그리고 그 사람 역시 먼저 고백을 하지 않았다는 것은 그 사람도 자기의 사랑에 대한 확신이 없었을 뿐이라고. 그러니 단순히 썸의 기간이 길었다는 이유로 고백이 거절당했다면 단지 상대방도 자신의 사랑에 대해 확신이 없어서 한 핑계일 뿐, 너무 스스로를 자책하지 않길 바라고 연애에 조급해하지 않길 바란다.

딱
10분만
더 노력해라

딱 10분만 그 사람보다 늦게 잤다.

그 사람이 예쁜 꿈을 꾸며 잠들 수 있도록 잠들기 전까지 졸린 눈을 비벼가며 연락을 했다. 그리고 그 사람이 잠들고 10분 후 나도 잠에 들었다. 유난히 밤이 되면 생각이 많아지는 그 사람이었기에, 그 사람 혼자 외로움을 느끼지 않도록.

딱 10분만 그 사람보다 먼저 일어났다.

그리고 그 사람에게 아침 인사 메시지를 보냈다. 그 사람이 아침에 눈을 떴을 때 “예쁜 꿈 꿨어? 오늘도 예쁜 하루 보내야 해.”라는 메시지를 읽게 해 주고 싶었다. 아침부터 그 사람의 입가에 미소가 번졌으면 하는 마음에서, 그렇게 나로 인해 행복한 하루가 시작되도록.

딱 10분만 그 사람보다 먼저 기다리곤 했다.

그 사람과 약속이 있는 날이면, 딱히 내가 시간이 많아서도 아니고 내가 약속 시간에 늦을까 봐 걱정돼서가 아니라, 그냥 미리 나가서 기다리곤 했다. 내가 그 사람과의 만남을 매번 기다리며 설렌다는 마음이 전해졌으면 해서, 그렇게 한결같이 사랑한다는 내 진심이 전해지도록.

딱 10분만 그 사람과 늦게 헤어졌다.

데이트가 끝나면 항상 그 사람의 집 앞까지 데려다줬다. 솔직히 대전 안이면 데이트 장소가 어디든 그 사람을 데려다주기에 10분이면 충분한 시간이었으니까. 그렇게 꼭 밤이 아니라 낮에도 안전보다는, 그냥 그 사람과 헤어지는 게 아쉽다는 내 마음이 전해지도록.

딱 10분 먼저 그 사람에게 연락했다.

나도 일을 하다 보면 가끔은 연락이 늦어질 때도 있었다. 그럴 때면 잠시 일 때문에 휴대폰을 못 볼 것 같다고 말은 했지만, 그래도 일이 끝나기 10분 전에 미리 연락을 했다. "나 10분 후면 끝나요."라고. 그 사람이 기한 없는 기다림으로 조금이라도 덜 지치도록.

이렇게 딱 10분만 내가 더 노력하니,

내가 사랑하는 사람이 더 행복해지더라.

익숙함을 대하는 자세

사랑의 초반에는 설렘이 가득하지만, 시간이 흐를수록 서로에게 익숙해진다는 말에는 동의한다. 하지만 익숙해진다고 소홀해지는 게 아니라, 오히려 서로를 더 잘 알기에 더 배려하게 되는 게 사랑 아닐까. 처음 그 사람과의 데이트 전날에는 모든 게 떨렸다. 그 사람은 어떤 음식을 좋아할까 어떤 영화를 좋아할까를 생각하며 데이트를 준비하다 보니, 이런 과정 모두가 설레었다.

하지만 어느 순간부턴가는 그렇지 않았다. 그 사람을 더 이상 사랑하지 않는다는 게 아니라, 단지 그런 떨리는 과정이 없어졌다는 뜻이다. 이제는 그 사람이 어떤 것을 좋아하고 싫어하는지를 잘 알게 되었고, 그렇기에 그런 그 사람을 배려할 수 있게 되었다. 그래, 익숙함이 무서운 게 아니라 그런 익숙함에 대한 자세가 중요한 것 같다. 익숙함은 그저 긴 시간의 사랑에 대한 감정일 뿐, 서로가 서로를 소홀하게 대할 이유가 되지는 않으니까.

사실 나도 연애 초반에는 서로에게 익숙해지는 게 두려웠다. 그리고 그 익숙함이라는 문제를 어떻게 해결해야 될지 고민도 했다. 하지만 막상 익숙함이라는 감정을 겪고 나니까, 익숙함은 내가 올바른 마음가짐을 갖고 그 사람을 사랑하고 있다면 아무런 문제가 되지 않았다. 단지 익숙함을 핑계로 상대방에게 소홀해진다면, 그건 익숙함의 감정이 아닌, 그 사람의 마음가짐 자체가 문제인 거겠지.

고맙다는 표현의 중요성

"사랑해."만큼 중요한 말이, "고마워."인 것 같아. 정말 사랑했어. 있는 힘껏 사랑했지. 근데 헤어지자고 하더라. 이유를 물어보니 내가 해주는 것에 비해 자기는 그 정도로 못 해주는 게 미안하고 부담된다는 거야. 뒤늦게 "너도 충분히 나한테 잘하고 있어."라고 말했어. 근데 말했듯이 너무 뒤늦은 말이었지. 그제서야 깨달았어. 단지 내 사랑을 표현하는 것뿐만 아니라, 상대방의 사랑에도 고맙다고 표현하는 게 중요함을.

본인의 사랑을 내가 알아주지 않는다고 생각했을 때 혼자 고민하고 더 노력하며 얼마나 힘들었을지 생각하니 다 내 잘못이더라고. 나는 내 사랑 표현만 잘하면 그 사람이 행복할 줄 알았어. 근데 뒤돌아 생각해보니 나는 내가 하는 사랑에만 집중한 나머지, 그 사람의 마음까진 헤아리지 못했더라. 지금 생각해보니 내게 미안함을 느끼는 것은 온전히 그 사람의 잘못이 아니라, 어느 정도 내 잘못도 있더라고. 내가 평소 고맙다는 표현만 잘했더라면, 그 사람은 미안해하며 마음에 부담을 갖진 않았을 테니까. 상대방의 사랑에 고맙다고 표현하는 게 정말 중요하더라.

재회를
기대하지
않기로 했다

나와 한번 헤어졌던 사람과 다시 사귄 적이 있다. 이제는 서로 무엇을 조심해야 되는지 더 잘 알기에 전보다 더 나은 연애가 될 거라고 생각했다. 하지만 그것도 잠시일 뿐, 결국은 같은 문제로 매번 다투고 오히려 서로에게 더 큰 상처만 안긴 채 더 안 좋게 헤어지게 되더라. 그제야 깨닫게 되었다. 한번 깨진 유리잔은 버려야 함을. 깨진 유리잔은 다시 맞추고자 하면 이미 깨진 유리에 오히려 더 큰 상처가 생길 수 있음을.

친구의
애인은 결혼식장에서나
보면 충분하다

연애하면서 친구 우정 문제로 애인과 다투는 애들을 보면 이해가 안 된다. 나랑 내 친구들은 한 명이 연애하면 아예 그 사람한테는 먼저 만나자고 연락을 안 한다. 친구와의 관계를 끊는다는 게 아니라, 애초에 시간상 부담이 될 수도 있는 거고 '본인이 시간 여유 되면 먼저 연락을 하겠지.'라는 게 우리들의 생각이다. 심지어 서로의 애인을 한 번도 소개시켜준 적이 없다.

하루는 내 친구들한테 "우리는 어떻게 12년 동안 서로의 여자친구 소개를 한 번도 안 했을까?"라고 물으니 친구가 말하더라. "네 여자친구를 우리가 왜 봐? 연애는 각자 하는 거지. 친구의 여자는 결혼식장에서나 보면 충분해."라고.

자주 안 보면 우정에 금이 가지 않냐고? 전혀. 얼마나 자주 만나느냐가 중요한 게 아니라, 곁에 있는 친구들이 어떠한 사람이냐가 더 중요하겠지. 연애해서 안 만나준다고 징징대는 건 애지. 다행히도 내 친구들은 모두 어른이더라. 물론 이 과정 속에서 나를 떠나가며 관계가 정리되는 친구가 있을 수도 있겠지. 하지만 나는 이렇게 생각한다. 그 사람들은 결국 언젠가는 다른 이유로라도 어차피 나를 떠날 사람들이었고, 진짜 남을 사람들만 남게 되는 거라고. 사랑이든 우정이든 모든 관계는 이렇게 서로가 서로를 이해할 수 있는 사람들만 남으며 이렇게 쌓아가는 거다.

연애는 스펙이 아니다

어른들이 그랬거든, 결혼 전에는 최대한 많은 연애를 해보라고. 그래, 그 과정 속에서 나와 맞는 사람을 알아갈 수도 있고 좋은 경험이 되겠지. 사실 그래서 많은 연애를 해봤어. 근데 오히려 그런 것들이 나를 더 지치게 하더라. 원래는 많은 사람을 만나며 서로 맞춰가는 방법도 배워야 되잖아. 근데 사랑이란 게, 내가 맞추려 노력한다고 다 맞춰지는 것도 아니더라.

그렇게 몇 번의 만남과 이별을 반복하다 보니까, 연애하며 문제가 생겼을 때 서로 맞춰가는 것보다는 차라리 헤어지는 게 가장 편하다는 것을 알게 됐고, 어느 순간부터는 그런 이별에 익숙해지더라고. 단순히 많은 연애에 집착한 나머지, 쉽게 연애를 시작했기에 그만큼 이별 역시 쉬워진 거야.

이제는 단순히 한순간의 감정으로 쉽게 시작되고 쉽게 끝나는 그런 연애 말고, 진실된 연애를 하고 싶다. 연애는 스펙이 아니잖아. 얼마나 많은 연애를 했느냐가 중요한 게 아니라, 얼마나 깊게 어떠한 연애를 했느냐가 더 중요하겠지.

집착도
적당히

집착이 심한 사람과 사귀면, 결국은 지쳐서 헤어지게 되더라. 집착도 처음에나 귀엽지. 상대방의 그런 애 같은 모습이, 결국에는 나를 너무 지치게 하더라고. 물론 그 집착의 원인이 나 자신에게 있을 수도 있겠지. 근데 왜 그런 거 있잖아, 근거 없는 집착. 아무리 내가 믿음을 주어도 상대방은 지난 사랑에 받은 상처 때문인지, 또는 애초에 성향 자체가 그런 건지, 근거 없이 집착이 심한 사람들.

물론 집착도 사랑의 한 형태라는 것에는 나도 동의해. 좋아하는 마음이 있으니 집착도 하게 되는 거니까. 근데 상대방에 대한 이해와 배려가 없는 집착은 사랑이 아니라고 생각하거든. '내가 더 믿음을 주며 노력하면 되겠지.'라는 마음으로 이런 집착이 심한 사람과 관계를 이어간다 한들, 결국 지치는 건 본인일 뿐이더라. 이런 노력 끝에 할 수 있는 최선의 선택은, 이제는 서로 때문에 힘들어지지 않도록, 결국 이별뿐이더라고.

사소한
것에
소홀하지 말 것

사람들은 바람을 피우지 않는 것만으로 또는 주 몇 회의 의무적인 만남만으로도 외로움을 느끼지 않을 거라 생각하지만, 사실 이별의 원인이 되는 대부분의 외로움은 사소한 것들에 소홀해짐으로써 시작된다. 가끔 사랑하는 사람이 본인에게 서운함을 표현할 때 '뭘 이런 걸 갖고 그럴까.'라는 생각이 들곤 할 거다. 사실 나도 그랬으니까. 근데 돌이켜 생각해보니 그런 사소한 것들이 오히려 중요했다.

결국은 그런 사소한 것들이 쌓여서 이별로 돌아오더라고. 그래, 물론 본인이 생각하기에는 별거 아닌 사소한 것으로 서운해 하는 것처럼 보일 수도 있다. 하지만 정말 사랑한다면 평소 본인이 사소하게 생각하는 것일지라도, 상대방이 그것으로 서운함을 느낀다면 그건 더 이상 사소한 게 아니다. 그럼에도 불구하고 상대방의 그런 서운한 감정의 원인을 사소하게 생각한다면, 글쎄... 물론 사랑하긴 하겠지. 하지만 사랑에도 정도의 차이는 있는 거니까. 아주 사소한 만큼, 아주 조금 사랑하는 거겠지.

그때는
왜 알지
못했을까?

나는 항상 무언가가 지나간 뒤에야 후회했다. 벚꽃이 지고 나서야 벚꽃여행을 못 간 것을 후회했고, 떨어진 단풍잎을 보고 나서야 단풍 구경을 못한 것을 후회했다. 만약 내가 벚꽃여행을 갔고 단풍 구경을 했더라면 지난 계절에 대한 후회를 하지 않았을까? 아니, 모든 지나간 것에는 아쉬움이 남기 마련이겠지. 마치 너와 헤어진 지금처럼 말이야.

딱히 사귀는 중에 사랑을 소홀히 하진 않았다. 근데 왜 그런 거 있잖아, 지나고 나니까 내가 못해준 것들이 참 많았더라고. 그런 것들이 참 아쉽더라. 그래, 지난 것에 미련을 가져봐야 어쩌겠어. 이게 다 무슨 의미가 있겠어.

근데 지나간 계절들도 계절이 바뀌면 돌아오듯이, 너도 내 기다림 끝에 돌아올까? 그랬으면 좋겠다. 그러면 내년의 계절을 설레는 마음으로 기다리듯이, 네가 다시 돌아와 준다는 희망만 있다면 이런 기다림도 견딜 수 있을 텐데. 지나고 나서야 알겠더라고, 네가 나에게 어떤 의미였는지를. 그때는 왜 알지 못했을까? 뭐든 때가 있고, 그 타이밍을 놓치면 기약 없는 기다림 속에 혼자 아파해야 한다는 것을.

어른
스러운
이별

어른이 될수록 이별을 대하는 자세가 달라지는 것 같다. 어렸을 때는 헤어지자는 말을 들으면 "한 번만 다시 생각해 주면 안 돼?"하며 매달렸는데, 이제는 "그동안 고마웠어. 잘 지내."하며 애써 괜찮은 척 놓아주게 되었다. 이별에 미련이 없는 건 아니다. 단지 상대방에게 괜히 미안한 마음을 갖게 하기보다는, 차라리 언제라도 내 생각이 나면 나에게 다시 연락을 할 수 있도록 편히 놓아주게 됐다.

만약 상대방에게 그 후 연락이 안 온다 하더라도, 헤어지고 고마웠다는 말 한마디를 못한 게 후회가 될 것도 같아서 항상 고마웠다는 말은 하고 관계를 정리하곤 한다. 이제는 서로 좋은 추억을 만들 수 없다면, 최소한 마지막 순간이라도 좋게 간직됐으면 한다. 그 사람도 헤어지자는 말을 꺼내기까지 참 힘들었을 텐데, 괜히 마지막까지 힘들게 할 필요는 없는 것 같다. 사실 연애는 서로의 마음으로 이어가야 되는데, 단지 내 마음 하나로 붙잡는 건 그 사람을 가둬두는 것 같아서 이렇게 놓아주곤 한다. 나는 헤어지기 전까지는 최대한 잘 해주고, 더 이상 서로의 관계가 그렇지 못하게 될 때는 서로 편히 놓아주는 게 조금은 더 어른스러운 이별 같다.

3°c

현명하게 사랑하고

싶은 당신에게

"사랑에도 요령이 필요하다."

현실적인
5가지
연애 조언

1. 연애를 해도 주변 사람과의 관계 유지 역시 중요한 것은 이해하지만, 그게 당신과 연애 중인 사람을 소홀히 대할 이유가 되진 않습니다. 삶을 살아가다 보면 여러 선택의 길을 맞이하게 되고 나름의 우선순위를 정하게 됩니다. 만약 당신이 연애 중이라면 우선순위를 정함에 있어서 지금 만나고 있는 사람을 항상 생각하시길 바랍니다.

2. 함께 있는 시간이 중요한 게 아니라, 그 시간 동안 서로 무엇을 하였냐가 더 중요합니다. 만나서 서로 대화를 하지 않고 각자의 휴대폰만을 보는데 시간을 썼다면, 같은 장소에만 있었을 뿐 같이 시간을 보낸 것은 아닙니다. 물론 대화를 하다 보면 일상적인 대화가 반복되겠지만, 그런 대화를 지루해한다면 사랑이 식어간다는 뜻입니다.

3. 대화는 서로 맞춰가기 위한 수단이지, 다툼의 이유가 돼서는 안됩니다. 사랑하는 사람이 본인에게 서운한 점을 말하면 받아들일 부분은 받아들이고 사과할 부분은 사과하며 서로 맞춰가는 대화를 하였으면 합니다. 감정적인 대화는 감정적으로 이별을 불러일으키기도 하니까요. 대화는 서로 맞춰가기 위한 수단임을 항상 생각하시길 바랍니다.

4. 지나치게 돈에 계산적이면 사랑도 계산적으로 하게 되기 마련입니다. 사랑을 할 때 돈에 너무 신경 쓰지 마세요. 가진 돈이 적다고 쉽게 사랑을 포기하지도 마세요. 돈은 시간이 흐를수록 당연히 많아지게 됩니다. 하지만 마음은 시간이 흐를수록 당연히 커지는 것이 아닙니다. 그러니 우리는 당장의 돈보다는 사랑하는 마음에 더 신경을 써야 합니다.

5. 연애를 지속시키는 것은 처음의 설렘이 아닌, 서로 간의 쌓여가는 믿음입니다. 서로 간에 지킬 건 지키며 믿음을 쌓으시길 바라요. 오래 연애를 해본 사람들은 알겠지만 연애의 과정 속에서 설렘이 조금 줄어도 편안함 등의 다른 감정으로 연애를 지속할 수 있지만, 믿음이 깨진 사랑은 그 어떠한 것으로도 연애를 지속시킬 수 없습니다.

지난 사랑을 존중해주세요

가끔은 이런 사람들이 있습니다. 연애의 단계든 썸의 단계든, 사랑을 하면서 상대방의 과거 연애사에 대해 캐묻는 사람들. 그런데 있잖아요, 그런 건 자연스레 알아가야지 캐묻는 것은 예의가 아닙니다. 그리고 사실 그건 엄청 바보 같은 행동입니다. 연애를 하면서 상대방의 지난 사람에 대한 흔적을 자신으로 덮어갈 생각을 해야지, 자꾸 들추어낼 필요는 없으니까요.

상대방이 지난 사람과 어디서 무엇을 했고 그 시간 속에서 어떠한 추억을 보냈든 간에, 그런 것은 말 그대로 다 지난 것뿐이잖아요. 당신도 지난 사람과의 추억이 있듯이, 그런 것에 질투하기보다는 그냥 지난 것은 지난 것대로 존중해 주셨으면 합니다. 아무리 상대방이 지난 사람과 예쁜 추억을 갖고 있다 하더라도 이제부터 당신과의 더 좋은 추억으로 덮어가면 되는 거니까요. 당신만 옳은 마음을 갖고 잘하면 되는 겁니다. 일단 상대방이 사랑하며 만나고 있는 사람은 당신이니까요.

괜히 상대방의 지난 사랑들에 너무 연연해하며 불안해하지 마세요. 어쩌면 그게 또 다른 다툼을 불러일으킬 수도 있으니까요. 참 어리고 바보 같은 거잖아요. 새로운 사랑을 하면서 지난 사랑 때문에 다투는 것은. 서로 존중해 줄 것은 존중해 주면서, 그렇게 예쁜 추억을 만들어가며 현명한 연애를 하길 바랍니다.

이성적인 대화법

이성적으로 해결할 수 있는 대화를 감정적인 싸움으로 키우지 마세요. 만약 상대방이 당신에게 서운한 점을 말하면, 설령 당신 또한 서운한 점이 있더라도 일단은 "그랬구나. 나로 인해 네가 서운함을 느끼게 해서 미안해."하며 받아들이세요. 당신 또한 "너도 뭐, 뭐 하잖아."라고 받아치면 이성적인 대화가 감정적인 싸움으로 번질 뿐입니다. 그렇다고 당신 혼자 참으며 아파하라는 것이 아니에요.

상대방의 서운한 감정이 가라앉은 후 “사실 나도 이런 점이 서운했었어.”하며 차분하게 이성적으로 대화하시면 됩니다.

사랑하는 사이에선 꼭 이기려고 들 필요 없어요. 솔직히 말다툼 이겼다고 기분 좋아지는 것 아니잖아요. 오히려 마음이 더 불편해지잖아요. 그리고 상대방이 당신에게 서운한 감정을 말로 표현하기까지는 참고 참으며 수없이 고민했을 거예요. 그렇게 용기 내서 한 속 얘기를 감정적인 싸움으로 키우면 상대방은 앞으로 당신에게 서운한 점이 있어도 혼자 참으며 쌓아둘 뿐입니다. 사랑한다면 대화 방식 등 사소한 것에도 소홀히 하지 마세요. 상대방은 그런 소홀함에 서운함을 느끼고, 그 서운함이 쌓여 사귀어도 사귀는 것 같지 않은 외로움을 느껴서 이별을 결심하곤 하거든요. 잊지 마세요. 서운함의 감정도 좋아하기 때문에 있는 겁니다. 애초에 좋아하지 않으면 서운해 할 일도 없어요. 다투려고 한 게 아니라 단지 맞춰가고 싶어서 그런 거예요.

사랑하는 사람과 말다툼하는 것을 좋아하는 사람은 없습니다. 단지 사랑하는 사람이 당신에게 서운함을 표현한다면 그것은 불만의 표시가 아닌, 앞으로 서로 함께할 시간이 더 길기에, 그래서 서로가 서로에게 상처가 되지 않도록 조금이라도 더 빨리 하나하나 맞춰가기 위한 것임을 깨달아야 합니다. 단순히 서로의 관계를 가볍게 생각했다면 서운함을 표현하지도 않았겠죠. 그냥 끊으면 되니까요. 굳이 감정 낭비를 할 필요가 없는 관계니까요. 그러니 사랑하는 사람이 당신에게 서운함을 표현한다면, 받아치기 위한 말보다는 맞춰가기 위한 마음가짐에 신경을 써주세요. 당신 역시 그 사람을 사랑한다면 이런 사소한 대화 방식에도 신경을 써주세요.

내가 어디가 좋아?

가끔 애인이 “내가 어디가 좋아?”라고 물을 때는 당황하지 말고 상대방이 가장 별로라고 생각하는 부분을 칭찬해주세요. 예를 들어 키가 작으면 꼭 끌어안으며 품에 딱 맞아서 좋다고, 낮은 코가 콤플렉스면 코가 예쁘고 귀엽다고 해주세요. 단, 절대 비꼬는 느낌이 들지 않게 정말 좋아하는 마음이 전해지도록. 자존감은 이럴 때 이렇게 키워주는 거예요. 상대방 스스로가 생각하는 단점까지 당신에게는 예뻐 보인다고 말해주며.

어장
구별하는
방법

가끔 좋아하는 사람이 생기면 어장인가 아닌가 헷갈리곤 하잖아요. 근데 사실 이거 구별하는 방법 엄청 쉬워요. 단지 어장이라고 하더라도 당신이 상대방을 좋아하는 마음이 너무 커서, 사소한 것 하나에도 '어장 아닐 거야, 진심일 거야.'하며 의미 부여를 하고 받아들이지 않을 뿐이죠. 우선 제가 생각하는 어장은 좀 달라요. 보통의 사람들은 여러 이성과 동시에 관계를 갖는 것을 어장이라고 하더라고요.

근데 우리는 흔히 어장을 '어항 속의 물고기'라고 표현하곤 하잖아요. 어항 속 물고기가 꼭 여러 마리일 필요는 없죠. 한 마리일 수도 있는 거예요. 즉, 단순히 여러 이성과 동시에 관계를 갖는 것뿐만이 아니라, 단 한 사람과 관계를 갖고 있어도 그 하나의 관계를 애매하게 유지하는 것도 어장이라고 생각해요.

어장관리를 하는 사람들의 큰 특징 중 하나가, 애매한 관계 속에서 당신을 애타게 하는 거예요. 딱히 사귀는 것은 아닌데, 그렇다고 당신을 싫어하는 것 같지도 않으면서 말이에요. 그런데 "너를 좋아해."랑 "너만을 좋아해."랑은 달라요. 당신에게 어장을 한다고 당신을 좋아하지 않는 건 아니에요. 단지 그 좋아함의 정도가 당신과 사귈 정도는 아닐 뿐이죠. 그렇기 때문에 당신이 조금만 밀어내도 그런 사람들은 꼭 당신일 필요는 없는 사람이라 당신을 쉽게 놓을 거예요. 하지만 어장에 이미 빠진 사람들은 못 밀어내요.

왜? 자기가 더 좋아하니까. 그래서 결국은 혼자 고민하다가 마음을 접거나 또는 먼저 고백을 해보곤 하겠죠. 그러다 몇몇은 "아직은 내가 연애를 할 상황이 아니야."등의 핑계를 들어본 사람도 있을 거예요.

근데 잘 생각해봐요. 사람도 결국 동물이라 이기적이거든요. 자신이 좋아하는 게 있으면 갖고 싶어 해요. 정말 당신을 좋아했으면 그러한 자신의 상황을 핑계로 거리를 두는 게 아니라, 오히려 그런 상황을 이해해달라며 당신을 설득했겠죠. 결국 그 사람들은 그냥 상황을 떠나서 당신이랑 사귈 생각이 없던 거예요. 사귀게 되면 혼자일 때랑은 다르게 몇 가지 제약이나 의무가 생길 테고, 앞서 말했듯 그런 사람들은 딱히 당신 아니면 안 될 정도로 사랑하지도 않기에 굳이 그런 것들을 감당하며 당신과 사귈 마음조차도 없었을 테니까요.

가장 쉽게 어장인가 아닌가를 구별하는 방법? 솔직히 구별하는 방법이라기보다는 깨닫는 방법이라고 표현하는 게 맞는 것 같네요. 솔직히 우리 모두 어장이라는 개념 자체를 알고 있는 이상, 구별은 다 할 줄 알거든요. 단지 글 초반에도 적었듯, 그게 본인의 상황이 되면 애써 받아들이지 않기에 깨닫지 못할 뿐이죠.

자신의 상황을 올바르게 깨닫기 위해서는 먼저 자신의 상황을 주변 친구의 상황이라고 떠올리며 생각해보세요. 상대방에 대한 당신의 감정을 배제시키는 거죠. 쉽게 예를 들면, 우리는 누군가와 이별하기 전에 주변 친구들로부터 "걔는 아니야. 헤어져."라는 말을 진즉 듣게 될 때가 있지만, "아니거든."하며 더 사귀다가 뒤늦게 친구의 말이 맞았음을 깨닫고 후회하기도 하잖아요. 특정한 상황에 주관적인 감정이 개입되면 판단이 흐려지기 마련이에요. 상황을 판단할 때는 감정을 배제하고 객관적으로 봐야죠.

정 어려우면 주변에 연애를 잘 아는 사람들이 있으면, 당신의 상황을 설명하고 조언을 구해보세요. 대신 그 조언을 들을 때는 충분히 받아들일 마음을 갖고 말이죠.

결혼 전, 동거에 대하여

연애하면서 딱 한 번 동거를 해본 적 있습니다. 그 후로는 동거를 할 일이 없어서가 아니라, 할 생각이 없어서 하지 않았습니다. 사실 동거를 하면 여러 장점이 있습니다. 현실적으로는 데이트 비용과 시간이 절약됩니다. 그리고 더 많은 것을 함께하기에 더 가까워질 수 있습니다. 물론 이런 걸로 봐선 동거가 안 좋은 건 아닙니다. 만약 이렇게 행복한 일상만 이어질 수 있다면 동거는 옳아요. 하지만 장점만 보고 성급히 동거를 결정하는 사람들이 있다면 말해주고 싶어요.

성급한 동거에는 많은 문제가 생깁니다. 심지어 장점이 단점이 되기도 하죠. 더 많은 시간을 함께 하기에 그만큼 더 많은 마찰이 생깁니다. 굳이 일반적인 연애 과정에서는 겪지 않아도 될 문제까지 겪어야 됩니다. 물론 함께 사는 걸로 생기는 문제는, 둘이 연애에서 결혼까지 간다면 언젠가는 겪을 문제이긴 하죠. 하지만 연애에서 결혼, 그렇게 긴 시간을 통해 단계적으로 나아간다면 시간이 그 문제를 어느 정도 감싸줄 수 있을 거라 생각합니다. 결국 성급한 동거는 오히려 성급히 연애를 끝내기도 합니다.

그래도 성급히 동거를 고집하는 사람들은 "내가 다 이해하며 맞춰줄게. 걱정하지 마."라고 하겠지만, 그 사람들이 동거 전의 연애에서도 자주 애인과 마찰이 있었다면 말해주고 싶어요. 헛소리하지 말고 당장의 연애나 똑바로 하라고. 당장의 문제도 감당 못하면서 더 많은 문제까지 안을 자신이 있다는 건 말이 안 되죠.

동거는 자신감으로 하는 게 아니라 책임감으로 하는 겁니다. 책임감 없이 자신감만을 고집하는 사람들은 훗날 모든 문제의 책임을 회피하는 특성이 있어요. 요즘 사람들이 흔히 말하는 '종특'이죠.

만약 당신이 만나고 있는 사람이, '동거해서 같이 일상도 즐기고 모텔비 안 들이며 섹스도 하고 그러다 안 맞으면 헤어지는 거지.' 이런 생각을 갖고 있는 사람이라면, 그건 동거를 할까 말까 고민할 게 아니라 헤어질까 말까를 고민할 문제입니다. 저는 결혼 전에 동거를 하지 말라는 게 아닙니다. 결혼 전에 동거를 하더라도 성급한 동거는 하지 말라는 겁니다. 동거 전 일반적인 연애에서 생기는 문제를 서로가 충분히 감싸 안을 수 있을 때, 그때 동거를 논하는 게 옳다고 생각합니다.

나를 좋아하긴 해?

사랑하는 사람이 당신에게 "나를 좋아하긴 해?"라는 말을 한 적이 있나요? 그리고 그때 당신의 반응은 어떠하였나요? 혹시 "갑자기 왜 그래?"하며 의문을 던졌나요? 아니면 저 말을 듣고 가슴 아파했나요?

사실 저도 예전에 연애할 때 저런 질문을 받은 적이 있거든요. 그때 저는 "당연하지."라며 형식적인 대답을 했었어요.

그런 걸 묻는 이유가 제 말을 듣고자 한 게 아니라, 저의 마음을 확인하고 싶어서 했던 것인 것을 너무 뒤늦게 깨닫게 되었어요. 만약 다시 한 번 물어봐 준다면 그때는 꼭 안아 줄 텐데. "그런 말 하게 해서 미안해. 내가 더 잘할게." 하며 그 사람을 꼭 안아줄 텐데. 이제 와서야 후회되네요.

여러분은 저와 같은 후회를 하지 않길 바라며 이 글을 적습니다. 일단 정확히 어떤 것 때문에 "나를 좋아하긴 해?" 이 말을 꺼냈는지는 모르겠으나, 확실한 것은 당신으로 인해 상대방이 서운함을 느끼고 있다는 것. 그리고 그 서운함을 직접 말로 꺼내기까지 혼자 얼마나 고민하며 힘들어했을지 생각해주세요.

물론 '갑자기 왜 그러지?'라는 생각을 하는 게 잘못된 건 아닙니다. 나름 노력하고 있는데 대체 어떤 점이 서운했는지 궁금했을 테니까요. 하지만 저 상황에 맞는 대답 또한 아닙니다.

그냥 상대방을 꼭 안아주세요. "네 입에서 그런 말 나오게 해서 미안해. 내가 더 잘할게." 하며 꼭 안아주세요. 상대방이 저 말을 하는 이유가 무엇이든, 일단 분명한 것은 지금 당신의 사랑에 불안해하고 있다는 뜻이니까요.

물론 이유는 정확히 알아야겠죠. 그래야 앞으로 고쳐나가든지 할 테니까요. 단, 그것은 나중에. 일단은 당신의 진심을 전달함으로써 상대방의 그런 마음을 진정시키고 나서 물어봐도 늦지 않겠죠. "그때 어떤 점이 서운했었어?" 하며.

정말 사랑한다면 상대방의 이런 사소한 속마음에도 신경을 써주세요. '이 사람이 왜 이런 말을 했을까.' 가만히 생각하면서.

헤어질 때
보이는 태도가
그 사람의 진짜 인성이다

꼭 사귀는 사이가 아니더라도 서로 좋은 감정을 갖고 만나고 있었다면, 감정이 식었을 때 먼저 말해주는 게 예의라고 생각해요. 제 경험으로 미안하다는, 잘 지내라는 말을 꺼내면, 상대방도 고마웠다고 잘 지내라며 관계가 잘 정리됐었거든요. 물론 그럴 거면 애초에 마음을 안 주는 게 맞지 않냐고 할 수도 있겠지만, 애초에 마음을 거짓으로 준 건 아니잖아요. 만나다 보니 아닌 것 같으면 관계를 끝낼 수도 있는 거죠.

저는 오히려 마음도 없으면서 질질 끄는 게 더 나쁜 거라고 생각해요. 자연스럽게 멀어지는 관계? 그건 착각이죠. 그런 게 어딨어요. 직접적인 말로 "우리 그만하자." 안 하면 그게 자연스러운 거예요? 당신이 말로도 꺼내지 못한 당신의 마음을 상대방이 혼자 받아들이기까지 얼마나 힘들었을지는 생각 안 하세요? 물론 그만하자는 말을 꺼내는 것 자체가 미안하고 불편할 수도 있겠죠. 근데 당신이 먼저 변해서 당신 때문에 이별의 상황에 놓였다면 불편한 것보다는 최소한의 예의에 신경을 써줬으면 해요.

헤어질 때 당신의 모습이 상대방에게는 당신에 대한 마지막 기억입니다. 마음이 식어서 더 이상 좋아하지 않는다고 해도, 만나는 동안이라도 진심이었다면 좋게 기억되긴 어렵더라도 최소한 나쁘게 기억되진 말아야죠. 헤어질 때 보이는 태도가 그 사람의 진짜 인성입니다.

사귀어도 사귀는 것 같지 않은 외로움

사랑하는 사람의 당신에 대한 집착과 질투도 사랑은 맞아요. 당신에게 마음이 있으니까 집착과 질투도 하는 거겠죠. 생판 마음도 없는 사람에게 집착과 질투를 하진 않잖아요. 근데 이건 아셔야 돼요. 그 집착과 질투하는 과정 속에서 그 사람이 얼마나 힘들었을지를. 그런 집착과 질투를 불러일으키는 당신의 행동에 상대방이 얼마나 서운함을 느꼈을지를.

그런 서운함이 쌓여 가면 지쳐갈 테고, 결국에는 '나 혼자 사랑하는 것 아닌가.' 하며 사귀어도 사귀는 것 같지 않은 외로움을 느끼게 되겠죠. 그게 이별의 시작이에요. 꼭 크게 싸우거나 바람 같은 걸로 이별하는 게 아니라, 이런 작은 감정들이 쌓여 이별하는 거라고요. 평소 당신의 소홀함으로 상대방은 서운함을 느끼고, 그런 서운함이 쌓여 외로움을 느끼게 돼서 이별을 결심하게 된다고요.

물론 이런 이유가 아니라도 사귀다 보면 언젠가는 다른 이유로라도 이별할 수도 있겠죠. 근데 서로 안 맞는 게 있어서 헤어질지언정, 최소한 연애를 하면서 외로움이 이별의 이유가 돼서는 안 되는 거잖아요.

"헤어지자." 이 말이 당신에겐 다 같은 이별 통보로 들릴지는 몰라도, 상대방이 만약 당신의 말과 행동 때문에 사귀어도 사귀는 것 같지 않은 외로움을 이유로 헤어지자는 말을 꺼냈다면, 단 한 번이라도 상대방이 그 말을 꺼내기까지 혼자 힘들어했을 것을 생각해본다면, 이거 정말 잔인한 거잖아요. 사랑을 하면서 상대방에게 사귀어도 사귀는 것 같지 않은 외로움을 느끼게 하지 마세요.

연애는
하나의
과정입니다

연애를 하다가 몇 번의 엇갈림이 생기다 보면 '인연이 아닌가 보네.'하며 빠르게 이별을 준비하는 사람이 있는가 하면, '그래, 이런 과정도 견뎌내기에 더 값진 사랑이겠지.'하며 맞춰가고자 노력하는 사람도 있습니다. 물론 뭐가 더 좋고 나쁜 것은 아닙니다. 단지 상대방에 대한 마음의 차이겠죠. 좋아하는 마음의 정도에도 차이는 있는 거니까요.

사실 처음에는 다 맞는 것 같아서 사귀었는데 어느 순간 안 맞는 것 같다는 생각이 드는 건 당연한 거예요. 처음에는 서로 맞는 부분에 큰 의미 부여를 하다 보니, 서로 다른 부분은 미처 신경 못 썼을 뿐이죠. 그런데 서로 살아온 환경이 다른데 어떻게 다 맞을 수 있겠어요? 제가 연애를 해보니까 서로 얼마나 많은 부분이 맞는지 보다는, 서로 얼마나 맞춰갈 마음이 있는지가 더 중요하더라고요. 10개 중 1개만 맞아도 다른 남은 9개를 맞춰가는 커플이 있는가 하면, 10개 중 9개가 맞아도 서로 다른 1개 때문에 헤어지는 경우도 있으니까요.

연애는 하나의 과정입니다. 단순히 서로 맞는 점을 보고 사귀게 됐으니 끝이 아니라, 사귄 그 시점을 시작으로 서로 다른 점을 맞춰가는 하나의 과정.

연락의 중요성

저는 연애하면서 가장 중요한 게 연락이라고 생각합니다. 서로 함께하는 시간보다는 떨어져 있는 시간이 더 길기에, 그 시간들을 외롭지 않게 해주는 게 무엇보다 중요한 거죠. 연락에서 중요하게 신경 쓸 것은 크게 두 가지로 나눌 수 있는데, 먼저 속도. 물론 답장의 속도만으로 그 사람이 자신을 좋아하는지 그렇지 않은지를 확신할 수는 없지만, 적어도 그 사람이 자신을 얼마나 생각하는지는 가늠할 수 있거든요.

가끔은 사소하게 생각하는 연락 하나에도, 누군가를 좋아하는 사람은 아주 큰 의미를 부여하곤 하니까요. 사실 각자의 생활이 있기 때문에 '몇 분'이라는 절대적인 시간보다는, 휴대폰을 켰을 때 다른 것보다 상대방의 연락을 먼저 확인하는 최소한의 노력은 필요하다고 생각합니다.

두 번째는 연락의 내용. 단순히 어떤 내용의 연락을 했느냐 보다는, 어떠한 마음을 담아서 했느냐가 중요하죠. 마음은 말투로 드러나기 마련이거든요. 그리고 그 말투 하나로 오만가지 생각을 하는 게 우리가 만나는 사람들이고요. 사람들은 좋아하면 됐지 이런 게 뭐가 중요하냐 하겠지만, 사람의 마음은 눈으로 보이지 않기에 이런 행동을 통해 느낄 수밖에 없어요. 그러니 바쁘다고 핑계 대지 마세요. 휴대폰을 볼 때마다 연락 한번 확인하는 게, 관심이 필요한 거지 많은 시간이 필요한 건 아니잖아요. 당신이 만나고 있는 사람을 이런 사소한 연락 문제로 불안하게 하지 마세요. 사소한 것을 당신이 사소하게 여기는 순간, 그 관계는 끝난 겁니다.

대화 회피형 인간

대화 회피형 인간을 만나지 마세요. 무슨 문제가 생겼을 때마다 얼렁뚱땅 상황을 모면하기에 바쁘고, 그렇게 당신에게 말 한마디 없이 당신 혼자 이해 아닌 오해를 하게 만드는 사람. 매번 무슨 말만 하면 당신을 잔소리꾼으로 만들고, 결국은 아무런 설명도 없이 이별을 통보하는 사람. 그렇게 결국 기다리다가 아무것도 해보지 못하고, 뭐 때문에 헤어져야 되는지도 알지 못한 채 이별을 겪게 하는, 그런 답답한 대화 회피형 인간을 만나지 마세요.

서두르지 마세요

서두르지 마세요, 사랑도 그리고 이별도. 누군가를 사랑할 때 한순간의 설렘에 이끌려 고백하기보다는, 한결같이 사랑할 자신이 있을 때 고백하세요. 물론 설렘도 사랑의 감정은 맞지만, 오랜 사랑을 위하여 우리는 설렘보다는 조금 더 무거운 감정이 필요합니다. 그리고 한번 헤어졌던 사람과 다시 사귈 때는 특히 더 신중했으면 좋겠어요. 정말로 그 사람이 좋아서인지, 아니면 단지 그 사람과 행복했던 시절이 그리워서인지.

단지 그리웠던 마음으로 다시 사귄다면 절대 전처럼 행복해질 수 없습니다. 이제는 서로 알거든요. 사귈 때는 아무리 사랑했고 행복했어도, 결국 그건 이별과는 전혀 상관없다는 것을.

그리고 감정적으로 이별하지 마세요. 단순히 안 맞는 게 있다고 헤어지기보다는 맞추려고 충분히 노력하고, 그래도 안되겠다 싶으면 그때 헤어져도 늦지 않습니다. 이별은 언제든지 할 수 있습니다. 하지만 맞춰가는 것은 오직 서로가 함께일 때만 가능합니다. 우리는 꼭 헤어지고 나서야 깨닫습니다. 사귀던 당시에는 나를 귀찮게 하는 것만 같던 상대방의 집착이, 그 후 본인을 외롭게 하는 사람을 만나고 나서야 사랑이었음을. 나를 더 좋아해주는 사람을 질려 할 것이 아니라, 오히려 더 있는 힘껏 붙잡았어야 했음을. 연애 당시 잦은 다툼도 지나고 보면 참 별 이유 아니었음을. 헤어질 당시에는 마냥 상대방 때문인 줄로 알았던 이별이, 지나고 보면 나에게도 참 많은 잘못이 있었음을.

내가 생각했던 것보다 나는 그 사람을 더 많이 사랑했음을. 마지막으로 한번 떠나간 사람은 다시는 돌아오지 않음을, 그렇기에 이별은 더욱 신중했어야 했음을.

감정에 앞서 무언가를 서두르다 보면 항상 실수를 하기 마련입니다. 그리고 사랑에서 그 실수는 서로에게 상처가 될 수도 있습니다.

서두르지 마세요, 사랑도 그리고 이별도.

드러내지
않는 것과
숨기는 것은 다르다

누군가를 사귀면서 한 번 정도는 이런 적 있지 않아요? 상대방이 당신의 카카오톡 프로필 사진을 본인 사진으로 하길 원했다든가, 아니면 당신이 상대방에게 그랬다든가. 꼭 이게 아니라도 페이스북의 '연애 중' 설정 같은 거라도. 물론 "우리 둘만 연애하는 것도 아니고, 굳이 너무 티를 내는 것도 유치하게 보일 것 같아."라는 말에 공감은 해요.

연애는 둘만 행복하면 되는 거지, 굳이 주변 사람들에게 보여주기 식의 연애처럼 일부러 드러낼 필요는 없으니까요. 근데 있잖아요, 드러내지 않는 거랑 숨기는 것은 다릅니다. 당신이 좋아하는 사람이 그런 것을 원하고 또한 그런 것을 하지 않음으로써 당신에게 서운함을 느낀다면 못할 이유가 없죠. 말했듯이 주변의 시선을 신경 쓰는 건 당연해요. 하지만 그게 당신이 사랑하는, 당신을 사랑해주는 사람을 서운하게 해도 될 이유가 되진 않잖아요.

뭘 이런 걸로 서운함을 느끼냐고요? 아니에요, 충분히 서운할 수 있어요. 우리는 누군가를 사랑하다 보면 상대방의 작은 행동 하나에도 혼자 큰 의미를 부여하곤 하니까요.

이런 사람은 피하세요

연애하다가 상대방에게 변했다고 하면 이렇게 말대꾸하는 사람들도 있더라고요. “나 안 변했어.”, “나 원래 그랬어.” 근데 상대방이 변했다고 하면 변한 거지, “미안해. 내가 더 잘할게.”하면 되는 걸 갖고 말대꾸하며 싸우려는 사람은 피하세요. 과연 원래 그 사람들이 그런 사람이었으면 일반적인 사람들이 그 사람을 만났을까요? 그 사람 말대로라면, 원래 그 사람은 솔로였으니까 그냥 다시 솔로가 되면 되겠네요.

그리고 "사랑한다며, 너 나 못 믿어?" 하며 사랑을 핑계로 믿음을 강요하는 사람은 피하세요. 애초에 말뿐인 사랑은 믿지 마세요. 말로 다 표현 못 할 만큼 당신을 사랑한다던 사람이, 행동이 아닌 그저 말로 사랑을 이해시키려고 하는 것 자체가 모순이니까요. 사랑은 행동으로 감동시켜야지, 말로 이해시키는 게 아닙니다.

제발, 이런 사람들은 피하세요.

집착과 잔소리

만약 만나고 있는 사람이 자신에게 집착을 한다면, '이 사람은 왜 이렇게 집착이 심하지?'라는 생각을 하기 전에 '내가 이 사람한테 사랑에 있어서 확신을 주지 못했나?' 하며 먼저 자신을 돌이켜보세요. 물론 지나친 집착이나 상대방에 대한 이해와 배려가 없는 집착은 좀 아니긴 하죠. 근데 저는 다른 한편으로는 이렇게 생각해요, 집착과 질투도 사랑의 한 형태라고. 감당할 수 없을 만큼 좋아하게 되면 그 순간 질투와 집착이 생기는 거예요.

어느 순간 떠날까 봐 괜히 불안하고 곁에 있어도 자꾸 보고 싶고. 그래서 저는 이유 없는 집착은 없다고 생각합니다. 원래 성향 자체가 집착이 심한 사람들도 있긴 하겠지만, 대부분의 집착은 상대방의 평소 행동에 대한 불안감에서 시작된다고 하더라고요.

잔소리도 마찬가지예요. 가끔 상대방의 잔소리가 심해졌을 때도 "너 왜 이렇게 잔소리가 심해?" 라고 말하기 전에, 자신이 상대방을 잔소리꾼으로 만들지는 않았나를 먼저 돌이켜보세요. 그리고 상대방의 그런 잔소리를 소홀히 하지 마세요. 당장은 듣기 싫은 그 잔소리가, 결국은 후회로 남거든요. 한번 생각해보세요.

딱 집착과 잔소리가 끝날 때쯤,
우리는 헤어졌으니까요.

새로운
사랑을
위하여

새로운 사랑을 하면서 지나간 연인과의 추억을 놓지 못하는 사람들이 있습니다. 예를 들면 지난 연인과의 사진을 지우지 못하는 행동처럼요. 하지만 그건 말 그대로 지난, 이미 끝난 관계일 뿐입니다. 우리는 새로운 행복을 위해서는 지나간 추억 정도는 놓아줄 줄 알아야 됩니다. 만약 그럴 자신이 없다면 그 사람은 아직 새로운 사람을 마음에 담을, 새로운 사랑을 할 준비가 되지 않은 거겠죠.

만약 새로운 사람을 사랑한다 하여도 지난 사람에 대한 미련은 잊지 못할 만큼, 딱 그 정도만 사랑하는 거겠죠. 사랑에도 정도의 차이는 있는 거니까요. 과거에 머물러있는 사람은 행복한 미래를 꿈꿀 순 있어도 이룰 수는 없습니다. 그저 과거에 붙잡혀 있으면 그만큼 현재에 소홀해지기 마련이니까요.

그리고 헤어지고도 친구로 지내는 사람들이 있는데, 글쎄요, 저는 잘 모르겠습니다. 좋게 헤어졌든 안 좋게 헤어졌든, 저는 헤어진 사람과 친구로 지낸 적이 없거든요. 물론 정들었던 시간에 아쉬운 마음도 있었지만, 끝났을 때 확실히 끝을 내야 된다고 생각했습니다. 앞으로 서로 새로운 연애를 안 할 게 아니라면, 확실히 끝내는 게 맞다고 생각했습니다. 연애를 할 때 가장 신경 쓰이는 존재가 바로 상대방의 전 애인이거든요.

당사자들은 이제는 그저 친구일 뿐이라고 하더라도, 다른 사람들의 시선에는 여전히 '전 애인'이라는 꼬리표가 항상 따라다니기 마련이죠. 그러니 결국 언젠가는 끝내야 되는 관계라면, 끝났을 때 확실히 끝내는 게 맞겠죠. 서로를 위해서도, 그리고 그런 서로의 새로운 사랑을 위해서도.

사랑은 타이밍

사랑하는 사람에게 고백을 하기 전에 이런 고민을 하곤 하잖아요. '괜히 고백했다가 차여서 친구도 못되면 어떡하지?' 근데 생각해보세요. 당신이 고민하는 사이에 다른 사람이 먼저 고백을 한다면, 그렇게 그 사람에게 애인이 생긴다면 괜찮겠어요? 이렇게 가진 적도 없는 그 사람을 잃을까 두려워서 고백을 주저하는 사람들이 있다면 말해주고 싶어요.

고백하라고. 말 그대로 애초에 가진 적도 없으니까, 사실은 잃을 것도 없는 관계니까, 고백을 하라고. 친구로서 그 사람의 곁? 그 사람이 훗날 애인이 생기고 그때도 당신이 그 사람을 좋아하는 감정이 있다면 알게 될 거에요. 차라리 그때 고백이라도 해볼 걸 하는 미련만 남음을. 어차피 연락이 끊기는 것은 같습니다. 한번 마음을 전달은 해보느냐, 아니면 시도조차도 못해보고 끝내느냐의 차이에요. 후회는 하되, 미련이 남는 행동은 하지 마세요. 사랑은 타이밍입니다.

사랑에 방어적인 자세

지난 사랑에 받은 상처는 자신을 방어적으로 만듭니다. 사람과 헤어지면 가끔은 상처를 받게 되고, 저마다의 이유로 한 가지를 깨닫게 됩니다. 그리고 다짐을 하죠. '아, 다시는 이런 사람과는 만나지 말아야겠다.'하며. 심지어 새로운 사람을 만났을 때 그 사람의 다른 점들은 다 마음에 들어도 지난 사람의 가장 싫었던 모습이 그 사람에게 보이면, 그 순간부터는 같은 이유로 상처 받기 싫은 마음에서 사랑에 방어적인 자세를 취하게 됩니다.

물론 사랑에 방어적인 자세가 자신을 위해서는 좋을 수도 있겠지만, 상대방의 입장에서는 단순히 하나의 모습만이 겹치는 것을 가지고 지난 사람과 같을 것이라고 판단하는 것에 기분이 나쁠 수도 있겠죠. 어떻게 보면 사랑에 방어적인 자세 자체가 자기중심적으로, 오로지 자신의 경험을 통해 상대방의 주관적인 차이를 무시한 채 판단하는 것이니까요. '그래, 나는 이런 상처를 받았으니까 조심하자.'라는, 단순히 자신만을 위한 생각으로 모든 상황을 합리화하는 일, 상대방의 입장은 듣지도 않은 채 생각하는 그릇된 일일 수도 있으니까요.

만약 이런 분들이 있다면 말해주고 싶어요. 그렇게 자신만을 위한, 사랑에 방어적인 자세로 상대방에게 상처를 주지 말라고. 당신이 받은 상처가 상대방에게 상처를 주어도 될 이유가 되진 않는다고. 그리고 사실 사랑에 방어적인 자세로 자신의 감정을 조절하며 적당히 사랑하는 것 자체가 말이 안 됩니다.

자신이 지난 사랑에서 어떤 상처를 받고, 어떤 깨달음을 얻었건, 막상 누군가를 좋아하게 되면 자신의 모든 것을 다 주게 되고 그렇게 다 주어도 부족하다 느껴지는 게 사랑인걸요. 사실 사랑을 하면서 미리 이별을 생각한다는 것 자체가 잘못된 게 아닐까요. 이별 후의 상황을 걱정할 게 아니라, 그런 이별이 오지 않도록 노력하는 것에 더 신경을 썼으면 합니다. 괜히 적당히 사랑하고 못해준 것에 후회하기보다는, 있는 힘껏 사랑하고 또 헤어진다 해도 차라리 사랑한 만큼 아파하세요. 그런 과정이 당신을 더 나은 사람으로 성장시키리라고 저는 믿습니다. 반복된 후회를 하지 않길 바랍니다, 이미 지나간 사랑에.

사과와 용서

"미안해."라는 사과에 "알겠어."라는 대답은 바로 용서해 준다는 뜻이 아닌 믿고 지켜본다는 뜻입니다. 그러니 사과를 할 일이 있다면 단지 상황을 벗어나기 위한 말보다는 앞으로의 행동에 신경 써주세요. 당신이 내뱉은 건 고작 사과 한마디지만, 그 사람이 당신에게 내어준 건 믿는다는 마음 전부니까요. 그리고 사과는 빠르게 하되 용서는 신중히 하세요. 사과가 늦으면 문제가 깊어지고, 용서가 급하면 문제가 반복되기도 하니까요.

미안한
마음에 헤어지자
말하지 못하겠다면

며칠 전 아는 동생이 고민 상담을 해날라고 연락을 해왔다.

“형, 저 여자친구한테 더는 마음도 없고 헤어지는 게 맞는 것 같은데, 어떻게 해야 돼요?”

너무 뻔한 이야기여서, 짧게 답장을 보냈다.

"네가 말했잖아. 그게 맞으면 헤어져야지. 뭘 고민해?"

그러자 동생이 말했다.

"근데 너무 미안해요. 받은 게 너무 많은데 저는 해준 게 얼마 없어서 미안해서 헤어지자고 못하겠어요."

동생이 너무 어렸던 게 문제였을까. 아니면 그 사람에 대한 마음가짐이 문제였을까. 뭐가 되었든 지금의 상황 자체가 문제라고 생각되어, 이번에는 길게 답장을 해줬다.

"착한 척하지 마. 상대방은 여전히 너를 사랑하고 잘 해주는데 맞춰가며 노력할 생각이 아니라, 네가 마음이 변했다고 헤어질 생각을 한다는 것 자체가 이미 넌 나쁜 놈이야. 해준 게 얼마 없어서 미안하다고? 그럼 더 사귀면 더 해줄 수 있을 것 같아?

아니. 걔를 사랑할 때도 못 다해준 것을 이미 사랑이 식은 상황에서 해줄 수 있을 거라 생각해? 최소한 걔한테 미안하고, 사랑했던 마음이 진심이었다면 헤어지더라도 예의는 지켜. 너 걔가 먼저 헤어지자고 하길 바라는 거 아니야? 그러면 너는 걔한테 덜 미안하고 편할 거라 생각해? 걔가 먼저 헤어지자는 그 말을 꺼내기까지 혼자 힘들어할 건 생각 안 해?

네가 먼저 헤어지자는 말을 꺼내지 않았다고 네가 착한 사람 되는 거 아니야. 헤어지자고 한 사람이 나쁜 게 아니라, 헤어지는 상황을 만든 사람이 나쁜 거야. 착한 척하지 마. 좋은 이별을 꿈꾸지도 마. 단순히 한 사람의 마음이 변해서 끝나는 사랑은 결코 좋게 끝날 수 없어. 지금은 조금이라도 덜 나쁘게 끝내는 게 최선이야.

물론 먼저 헤어지자고 말을 꺼낼 용기가 안 나겠지. 너도 사람이니 최소한의 죄책감은 있을 테니까. 근데 그럴 용기도 없으면 고백을 하지 말았어야지. 아니, 한결같을 자신이 없으면 사랑조차도 하지 말았어야지. 마음이 떠난 너조차도 헤어지자고 말을 쉽게 못 꺼내는데, 그런 어려운 것을 걔한테 떠넘기지 마."

장문의 연락

만약 본인과 사귀고 있는 사람이 매일 꾸순히 장문의 연락을 보내고 있다면 가끔은 고맙다고 표현해주세요. 솔직히 저도 매일 500자 정도 해서 30일 조금 넘게 해봤는데, 글을 쓰는 게 취미인 사람이 하기에도 어려운 일이더라고요. 매일 500자의 글과 맞춤법 검사는 솔직히 크게 어려운 건 아니에요. 정말 어려운 건 그 반복되는 500자의 글에 매일매일 새로운 표현을 담는 일이에요. 왜 그런 거 있잖아요.

매일 오는 장문의 메시지여도 내용이 겹치면 괜히 성의 없게 느껴지고 서운한 것. 당신이 그런 서운함을 느끼지 않게 하려고 상대방은 매일 새로운 표현을 찾으며 노력 중인 거예요. 당신이 그 글을 10번 읽는다면, 그 글을 쓴 상대방은 당신에게 보내기 전에 100번을 읽고 생각하며 노력과 진심을 담아낸 거예요.

정말 예쁘지 않아요?
같은 글을 100번 읽는 동안
오로지 당신만을 생각했다는 것이.

쓴 돈에는 후회하지 마세요

지난 애인에게 쓴 돈을 자신의 주변 사람들에게 말하며 한때는 사랑했던 사람을 소위 말하는 '김치' 취급하는 사람이 있더라고요. 참 한심해 보였습니다. 대체 얼마나 모아둔 돈이 없으면 지난 애인에게 쓴 돈에 후회하며, 그깟 돈 때문에 주변 사람들에게 지난 애인을 욕할까.

그깟 위로 몇 마디 듣기 위해, 자기가 상처받은 피해자인 것처럼 보이기 위해 지난 애인을 팔아넘기는 모습을 보며 '과연 그런 사람들이 사귀던 당시에도 진심으로 사랑하긴 했을까?' 싶더라고요. 헤어졌다 하더라도 예의는 지켜야죠. 꼭 지난 애인에 대한 예의가 아니더라도, 한때는 누군가를 사랑했던 마음, 그런 자신의 마음에 대한 예의는 있어야죠. 그런 사람들은 딱 그만큼 사랑한 겁니다. 지난 애인에게 쓴 마음이 아닌, 돈에 후회할 딱 그만큼. 상대방이 돈을 쓰라고 강요한 게 아니라면 딱 자신의 마음만큼 썼으면 되는 거고, 그랬다면 그에 따른 후회를 해서도 안 되는 거겠죠. 만약 진짜 돈이 없다고 해도, 돈이 없지 '가오'가 없습니까. 헤어지고 당신이 썼던 감정에 후회할지언정, 당신이 썼던 돈에 후회하는 거지가 되지는 마세요.

물론 조금은 쓴 돈에 후회가 될 수도 있겠죠. 근데 정말 좋아했다면 상대방에게 하나 주고 그런 하나를 받지 못한 것에 아쉬워하기보다는, 하나를 줘도 둘을 마저 주지 못한 것에 더 아쉬워하는 법입니다.

더 나은 사랑을 위하여

사랑한다면 표현하세요. 당신의 표현이 줄어들면 상대방이 당신을 아무리 좋아한다 해도 지쳐갈 수밖에 없으니까요. 누군가를 좋아하면 상대방의 작은 변화 하나에도 혼자 온갖 상상을 하게 되니까요. 말로 백 번 사랑한다는 소리를 들어도 한 번의 행동으로 확신 받고 싶고, 알고는 있어도 다시금 확인받고 싶은 게 사랑입니다.

그리고 몇 번의 만남과 이별이 반복되다 보니 느낀 게, 연애를 하면서 사랑한다는 표현을 자주 하는 것도 물론 중요하지만, 서로 간에 미안하다는 표현을 줄이는 것 역시 중요한 것 같습니다. 여기서 미안하다는 표현은, 단순히 당신이 상대방에게 미안하다는 표현을 줄이는 게 아닙니다. 그건 너무나 당연한 얘기니까요. 제가 하고자 하는 말은, 상대방이 당신에게 너무 미안한 감정을 느끼지 않도록 하라는 겁니다.

상대방이 당신에게 잘못을 해도 만약 그게 작은 것이라면 가끔은 가볍게 넘겨주는 것도 필요하더라고요. 꼭 상대방에게 모든 잘못에 대한 사과를 받아내기보다는, 가끔은 그런 상대방을 이해하며 내가 배려하는 것. 이런 게 사랑이고, 이런 게 연애의 한 과정 같습니다.

단순히
연애의 관계가
과연 사랑일까

단순히 사귀고 있다는 사실만이, 반드시 서로 사랑한다는 것을 뜻할까요? 저는 아니라고 생각합니다. 관계가 중요한 게 아니라, 그 관계를 이어가는 서로의 마음이 중요하겠죠. 물론 서로 사랑해서 사귀는 관계도 있지만, 딱히 헤어질 이유가 없어서 이어가는 관계도 있을 테니까요. 그리고 한 사람은 감정은 식었지만, 여전히 다른 한 사람은 너무 사랑하기에 간신히 붙잡아서 유지되는 관계도 있을 테니까요.

저는 단지 사귀는 관계라는 이유만으로 형식적인 연락, 의무적인 만남을 이어가는 관계 말고, 사랑이라는 이유 하나로 이어가는 관계가 진짜 연애라고 생각합니다. 서로의 관계를 이유로 사랑을 연기하는 것 말고, 서로의 감정이 맞아서 사귀는 그런 연애 말이에요. 단순히 서로의 관계에 대한 의무감으로 이어가는 연애랑, 서로의 사랑으로 이어가는 진실한 연애는 분명 다른 거니까요.

오해가 쌓이면

그동안의 연애를 통해 느낀 게, 오해가 쌓이면 불신이 생기기 마련이라는 겁니다. 그렇기 때문에 연애는 평소에 잘하는 게 중요한 거고요. 또한 상대방이 자신의 사랑에 불신을 갖는다면 '얘는 왜 이러지?'라는 의문을 갖는 것보다는 지난날 자신의 행동을 먼저 돌이켜보는 것이 좋습니다.

그리고 만약 오해를 살만한 행동이 있었다면 과거의 행동에 대해 단지 말로써 상대방에게 이해를 강요하기보다는, 앞으로의 행동을 통해 확신을 주는 것이 옳습니다. 아무리 설득력 있는 말도 누군가에겐 단지 일시적인 상황을 모면하고자 하는 말로 들릴 뿐이니까요. 사실 상대방에게 몇 번의 오해가 될 만한 행동으로 믿음을 잃어놓고서, 단지 몇 마디의 말로 한순간에 믿음을 되찾고자 하는 것 자체가 욕심이고 모순이겠죠. 평소에 잘 해주세요. 그리고 실수가 있었다면, 단순히 한순간의 말로 해결하려 하기 보다는 지속된 마음가짐으로 믿음을 주세요.

서로를
높여주는
연애

연애를 할 때 상대방의 자존감을 높여주는 게 왜 중요하냐고요? 가끔 당신이 아무리 열심히 사랑하고 상대방에게 믿음을 준다 하더라도, 상대방은 질투와 집착이 심할 때가 있잖아요. 그거 상대방이 당신을 정말 좋아하긴 하는데, 그것에 비해 스스로의 자존감이 낮아서 그래요.

당신이 아무리 사랑과 믿음을 준다 하더라도 상대방은 '나는 정말 얘가 좋은데, 얘가 나 아닌 다른 사람에게 관심을 갖고 나를 떠나면 어떡하지?' 하며 작은 것에도 불안한 마음에 질투와 집착이 심해지는 거예요. 상대방의 자존감을 높여주고자 노력해보세요. 물론 박원의 <노력>이라는 노래 가사에는, '사랑을 노력한다는 게 말이 되니'라는 말도 있지만, 저는 노력 없는 사랑 자체가 모순이라고 생각합니다. 사랑한다면 노력해야죠. 그런 노력 자체를 할 마음이 없다면 그건 끝난 사랑이죠.

어느 날 결혼을 앞둔 형님께서 제게 해주신 말씀이 있어요. "서로를 높여줘야 그 연애는 오래간다. 단순히 갑과 을의 관계라고 생각하지 마. 사랑하는 사이에 상대방을 존중하고 배려하며 높여주는 것은 당연한 거야."라고.

저는 우리가 그렇게 서로가 서로를 높여주는 연애를 하길 바랍니다.

4°c

소중한 너를 지키며

살아가길 바라

"스스로 무너지지 마."

흔들리지 않는 자존감

나는 네가 흔들리지 않는 자존감을 키웠으면 좋겠어. 다들 자존감은 다른 사람을 통해 높이는 걸로 알고 있더라? 근데 타인을 통해 높여진 자존감은 그만큼 다른 타인을 통해 쉽게 무너지기 마련이야. 제발 너 스스로가 자신을 사랑하며 자존감을 키웠으면 좋겠어. 누구에게도 흔들리지 않는 그런 자존감. 그러기 위해서는 네가 누군가를 사랑하기에 앞서 너 자신을 먼저 사랑했으면 해.

너 자신을 사랑하는, 즉 자기애•자존감이 낮은 사람들은 사랑에 쉽게 상처를 입는 경향이 있거든. 이런 사람들은 보통, 상대방의 진실한 사랑에도 '이 사랑이 언제까지 지속될까?'하는 마음에서 행복에 앞서 불안감에 떨게 되기 마련이니까. 물론 연애를 하며 타인을 통해 자존감을 높이는 방법도 있지만, 말했듯이 그렇게 높여진 자존감은 그만큼 타인을 통해 쉽게 무너지기 마련이더라. 나는 네가 그 누구에게도 무너지지 않고, 그 어떤 것에도 쉽게 흔들리지 않는, 그런 자존감을 키웠으면 좋겠어. 네가 너를 사랑하며 말이야.

내
사람들에게만
좋은 사람이면 충분하지

영원할 줄 알았던 사랑이 끝나고, 영원할 줄 알았던 우정이 깨질 때마다 우리는 이런 생각을 하곤 해. '난 왜 이러지? 내가 뭘 잘못했나?' 사람들이 그러더라. 내가 좋은 사람이 되어야 좋은 사람이 온다고. 근데 그것도 아니더라. 내가 어떤 사람이든 간에 좋은 사람도 오고, 나쁜 사람도 오더라고. 단지 나와 맞는 사람이면 그 사람들이 내 곁에 머물고, 그렇지 않으면 내 곁을 떠나갈 뿐이더라. 근데 생각해봐.

우리는 살면서 많은 사람들을 만나왔는데 어떻게 그 모든 관계가 영원할 수 있겠어. 그리고 우리는 지금까지 만난 사람들보다 더 많은 사람들을 만나게 될 텐데 어떻게 그 모든 관계들을 다 지킬 수 있겠어. 물론 끝나버리는 관계에, 떠나가는 사람들에 미련이 남고 아쉬운 마음도 들겠지. 근데 내가 살아보니까 어차피 남을 사람은 남더라고. 그냥 내 사람들에게는 좋은 사람이 되어주고, 그렇지 않은 사람들은 그 사람들이 나를 어떻게 생각하든 간에 흘려보내는 것이 편하더라. 사실 사회생활을 위해서는 많은 인간관계가 중요하지만, 내 인생을 위해서는 단 몇 사람이면 충분하니까.

얼마나 많은 사람들이 내 곁에 남느냐보다는, 어떠한 사람들이 내 곁에 있느냐가 더 중요한 것 같아. 굳이 모든 사람들에게 좋은 사람이 되기 위해 혼자 애쓸 필요는 없더라고. 단지 내 사람들에게만 좋은 사람이면 충분하지.

스스로를
아프게
하지 마

'처음에 내가 너무 좋아하는 티를 내면 쉽게 질려 하지 않을까?'하며 이것저것 재고 따지며 복잡하게 연애를 하는 사람들이 있어. 솔직히 나도 그랬거든? 근데 지금 와서 생각해보니까, 내가 그렇게 애써 마음을 조절하든 안 하든 어차피 떠날 사람은 결국에는 떠나고 남을 사람은 끝까지 내 곁을 지켜주더라고. 그리고 생각을 해봐. 진실한 마음을 표현했다고 질려 할 사람이라면 어차피 헤어지는 게 나아.

뭐 하러 그런 관계까지 지키려고 혼자 노력해? 시작을 함께했으면 과정도 함께해야지. 서로 사랑해서 연애를 시작했는데, 왜 그 연애의 과정을 혼자 고생해? 그런 사람들은 그냥 떠나보내. 그리고 좋은 쪽으로 생각해봐. 생각의 차이야. 그 사람들을 떠나보낸 덕분에 너는 더 좋은 사람과 더 좋은 세상을 함께할 거라고, 그렇게 좋은 쪽으로 생각해봐. 그래야 네가 행복해질 수 있어. 네가 너를 아프게 하지 마, 제발.

연애 좀 해

나는 네가 연애 좀 했으면 좋겠어. 네가 그랬잖아, 너는 연애를 못하는 게 아니라 안 하는 거라고. 그래, 누군가를 신경 쓸 필요도, 상처를 받을 필요도 없으니까 편하겠지. 근데 혼자인 것에 익숙해지면 어느 순간에는 누군가에게 사랑받는 것뿐만이 아니라, 누군가를 사랑하는 것도 어려워져. 물론 연애를 하면서 상처를 받을 수도 있겠지. 근데 우리는 이별을 통해 단순히 아파하기보다는 무언가를 깨달아가곤 했잖아.

예를 들면 '이런 사람은 만나지 말아야겠다.', '이런 때는 이렇게 하는 게 더 좋았겠구나.' 등등. 때로 우리는 행복한 추억보다는 이런 아픈 경험을 통해 성장해가곤 했잖아. 그리고 시간이 흐를수록 좋은 사람들은 용기 있는 사람들이 먼저 다 데려가겠지. 더 늦기 전에 네가 좋은 사람을 찾아 행복한 연애를 했으면 좋겠어. 물론 좋지 않은 사람을 만날 수도 있겠지만, 그러한 경험마저도 훗날 더 좋은 사람을 만나기 위한 밑거름이 되겠지. 어떻게 매번 좋은 사람만 만날 수 있겠어? 나는 연애가 좋은 사람을 찾기 위한 하나의 과정이라고 생각해. 물론 지난 사랑에 받은 상처로 사랑을 못하는 경우도 있을 거야. 그렇게 시간이 약이라는 생각을 하기도 하겠지. 그래, 시간은 약이지. 근데 독약도 약이야. 지난 사람에게 받은 상처는 더 나은 새로운 사람을 통해 덮어가야 돼. 시간이 그런 상처를 해결해주진 않아. 네가 만약 네 마음의 문을 걸어 잠그고 있으면 아무도 그 문을 열 수 없어 네가 마음을 열고 이제는 좀 연애를 했으면 해.

단 진심이 아닌 사랑에 흔들리지 말고, 흔들린다 하여도 꺾이지는 마. 사랑을 하더라도 너 자신은 지키며 사랑해. 나는 네가 이제는 연애 좀 했으면 좋겠어. 그렇게 건강한 방향으로 말이야.

결혼은
이런
사람과

"엄마, 어떤 사람을 만나 결혼하는 게 좋아?"

네가 그 사람을 좋아하는 것보다 너를 더 사랑해주는 사람을 만나. 그리고 그 사람은 그것을 눈치채지 못하게 네가 더욱 잘해주고. 절대 그 사람이 혼자 사랑하는 외로움을 느끼지 않도록, 너도 영원히 사랑할 수 있는, 그런 사람을 만나.

돌아가자,
잊자,
이제

사랑하는 사람을 어떻게 놓아줬냐고? 이별 후 느껴지는 초라함이 나를 참 비참하게 했어. 솔직히 연애할 때도 힘들었었어. 점점 변해가는 그 사람을 보며, '언젠가는 다시 돌아오겠지, 누구나 이렇게 견디며 연애를 하는 걸 거야.'라는 생각으로 견뎌왔거든. 근데 그 사람이 내게 먼저 헤어지자고 하더라. 나는 이렇게 견뎌가며 사랑을 노력했는데, 그 사람은 더 이상 자신이 없대. 결국은 원하는 대로 놓아줬어.

그래, 이때까지만 해도 헤어졌으니 다 끝난 줄 알았어. 이렇게 그 사람을 마음속에서 완전히 놓아줬다고 생각했어. 근데 아니었어. 그 사람에 대해 가장 잘 아는 나였는데, 이제는 그 사람의 작은 안부 조차도 알 수 없고 사소한 연락조차도 보낼 수 없는 상황이 나를 더 힘들게 했어. 헤어졌다고 끝난 것은 단순한 관계일 뿐이지, 내 사랑까지 쉽게 끝나는 것은 아니더라고. 그러다가 우연히 그 사람의 소식을 듣게 됐어. 새로 연애를 한다고 하더라. 내 기분이 어땠을 거 같아? 그 사람에 대한 원망? 아니, 이미 다 끝난 사이인데 먼저 새로 연애를 한다는 이유만으로 어떻게 원망을 할 수 있겠어. 그저 나 자신이 참 초라해지더라. 연애 중에도 혼자 견디며 노력했고, 헤어지고도 혼자 그 사람의 SNS와 지난 앨범과 연락 내용이나 들여다본 나 자신이 참 초라해지더라고. 그래서 지난 사진과 연락을 다 지웠어. 이렇게 초라해지니까 알겠더라고. 이미 다 끝난 관계는 미련 버리고 끝냈어야 되는데, 혼자 참 바보같이 붙잡아왔음을.

그러니까 너는 "우리 안 맞는 것 같아. 헤어지자."라는 말에 "맞춰가자. 내가 더 노력할게."등의 말로 붙잡지 마. 저런 이유로 헤어지자는 말까지 꺼냈다는 것은 단순히 안 맞는 걸 떠나서 이제는 맞춰갈 마음조차가 없는 거야. 서로 안 맞는 것은 노력하면 된다지만, 그런 마음이 떠난 것은 노력한다고 되는 게 아니야. 서로에게 맞춰갈 마음이 없는 연애는 서로를 더 지치게 할 뿐이야. 그리고 이미 너에게 마음이 떠난 상대방에게는 네가 붙잡는 마음도, 사랑이 아닌 부담으로 느껴질 수 있어. 물론 헤어지자고 하며 바빠졌다던가, 어떠한 상황을 이유로 들 수도 있겠지. 근데 상황은 핑계일 뿐이야. 진짜 이유는 너에 대한 마음이 식은 거겠지. 생각해봐. 정말 좋아했다면 상황을 핑계로 헤어지자고 할 게 아니라, 그런 상황을 설명하며 이해해줄 수 있냐고 먼저 물어봤겠지. 물론 진짜 바빠져서 신경을 못써줄 것 같아서 그런 걸 수도 있어.

근데 중요한 건, 그 사람은 그런 상황을 너에게 말하며 이해시키려 노력하기보다는 차라리 헤어지는 게 더 편하다는 생각을 했다는 거야. 너에 대한 마음은 딱 그 정도였던 거지. 사람들은 종종 헤어질 이유가 생겨서 헤어지자 말하기보다는 헤어질 마음이 생겨서 헤어질 이유를 찾곤 하더라.

그러니까 미련 갖지 말고 잊어. 물론 헤어지고 가끔은 그 사람이 생각나기도 하겠지. 좋은 추억이든 안 좋은 기억이든, 아닌 척해도 가끔은 생각날 거야. 그래도 붙잡지 말고 잊어야 돼. 그 사람은 그렇지 않을 테니까. 그 사람은 이제 네 생각은 하지 않을 테니까. 좋았던 사람이면 잘 지내라고 한번 빌어주고 잊고, 안 좋았던 사람이면 "시발!" 이라고 한번 외치고 잊어. 그래야 돌아갈 수 있어, 원래의 네 삶으로. 돌아가자, 잊자, 이제.

나를 잃지 말 것

이제는 연인 관계든 친구관계든 나를 떠나는 사람들을 쉽게 놓을 수 있게 되었어. 처음부터 이랬던 건 아니고, 몇 번의 만남과 이별을 반복하다 보니 깨닫게 된 것 같아. 한번 내게서 마음이 떠난 사람은 내가 아무리 붙잡는다 한들 결국에는 나를 떠나기 마련이고, 또한 그렇게 붙잡게 된다 한들 그런 관계는 결국 서로를 더 지치게 만함을. 인간관계에서 중요한 것은 나를 잃지 않는 것.

떠나는 사람들에게 혼자 매달리며 무너지기보다는, 내 곁에 남아준 사람들에게 신경을 써야 함을 이제는 깨닫게 되었어. 그러니 너도 이제는 인간관계에 혼자 너무 힘들어하지 마. 정작 그 사람들은 너처럼 힘들어하지 않잖아. 괜히 혼자 감정 낭비하지 말라고. 엄마는 너를 예쁘게 낳아줬는데, 괜한 사람들 때문에 스스로를 망가뜨리지 마. 항상 누구를 사랑하더라도 너 자신을 먼저 사랑하며 너 자신을 잃지 마.

시기에
이르게 핀 꽃은 활짝 피기도 전에
시들기 마련이다

솔로면 솔로인대로 인생을 즐기면 되는 거지, 굳이 솔로라고 자존감까지 낮아질 필요는 없다고 생각해. 평소에는 못했던 자기만의 시간도 갖고 친구들도 편히 만나고, 여유롭게 자기계발도 하며 더 나은 내가 되도록 나를 가꾸며 사는 거지. 사실 연애를 한다고 모든 게 행복해지는 건 아니잖아. 그러니까 당장 연애를 못한다고 너무 조바심 갖지마. 너는 그냥 너대로 살면 되는 거야.

연애에서 중요한 것은 '얼마나 빨리 연애를 하느냐.'가 아닌, '어떠한 사람을 만나서 연애를 하느냐.'거든. 있는 그대로의 너를 사랑해주는 사람을 만나. 그리고 처음 그대로의 한결같은 사람을 만나. 너는 아직 피지 않은 꽃이야. 당장의 외로움으로 자존감을 낮춰가며 뿌리를 썩게 하지 마.

그리고 말했듯이 서두를 필요도 없어. 시기에 이르게 핀 꽃은 미처 활짝 피기도 전에 시들기 마련이거든. 꽃은 활짝 피워야 아름답지. 또한 꽃이 활짝 피기 전까지는 꽃이 아름다운지, 그렇지 않은지를 알 수 없고. 너는 쉽게 시들기에는 아쉬운 꽃이야. 너를 어여쁜 꽃으로 여기고 소중히 아껴주는 사람을 만나서, 너를 활짝 피웠으면 해.

자존감을
높여주는
연애

다른 사람들은 연애를 하면 자존감이 높아지곤 한다던데, 오히려 나는 나를 내려놓아야 이어갈 수 있는 그런 연애를 했다. 상대방의 말투가 차가워져도 요즘 왜 그러냐고 한번 따질 수 없는, 그저 눈치를 보며 혼자 이해 아닌 이해를 해야 했다. 남들은 이런 연애라면 차라리 하지 않는 게 맞다고 하지만, 어느 순간부터가 나를 내려놓는 이런 연애에 길들여졌다.

수없이 고민하다가 시작한 사랑도 결국에는 쉽게 변하기 마련이었고, 그러한 연애 속에서 관계를 유지할 수 있는 유일한 방법은 내가 나를 내려놓는 것뿐이었다. 나는 이것도 사랑이라 믿었고, 이런 사랑도 끝날 때쯤에는 항상 후회하며 아파했다. 그 당시의 나는 다른 사람들도 다 이렇게 연애를 하는 줄 알았다. 이게 나를 무너지게 하는 줄도 모르고.

그래서 꼭 사람들에게 말해주고 싶다. 자존감을 높여주는 연애를 하라고. 당신은 그런 사람을 만나라고. 당신의 상처까지도 사랑하며 감싸 안아줄 수 있는 그런 사람. 괜히 나처럼 자신의 인내심을 시험하게 하는, 그런 사귀느니 못한 연애 말고.

애매한
관계 속에서
힘이 들 때

누군가를 좋아하면서 언제가 가장 힘들었어?

"혼자 애매한 관계 속에서 그 사람의 연락을 기다릴 때. 먼저 연락을 보내자니 괜히 나 혼자만 좋아하는 것일 수도 있는데, 상대방은 그런 나를 귀찮아하며 가볍게 볼까 봐 애써 참곤 했어. 근데 그렇다고 마냥 상대방의 연락을 기다리자니 이대로 연락이 끝나버릴까 봐 겁이 났어.

그 사람에게 대놓고 마음을 물어볼 용기도 없기에 그저 이런 기다림 속에서 혼자 아파하고 있는 나 자신을 발견했을 때 너무 힘들었어."

그건 네가 너무 생각이 많아서 그래. 너는 그냥 네 마음 가는 대로 하면 돼. 괜히 상대방의 마음까지 헤아리며 행동하느라, 너 자신의 마음에는 조금 소홀했던 것 같아.

연애를
하는 건데,
짝사랑을 하는 기분일 때

연애를 하면서 언제가 가장 힘들었어?

"변해가는 그 사람을 보며 혼자 불안해할 때. 나만 바라보고 나만 생각하는 사람이었는데, 가끔은 '나 혼자 사랑하는 것 아닌가.'라는 생각에 외로워지곤 했어. 근데 더 힘들었던 것은, 그 사람이 변했다는 것을 알지만 내 마음은 처음과 같아서 혼자 매달리며 사랑을 구걸하고 있더라.

괜히 내 서운한 감정을 말하면 다투고 헤어지게 될까 봐 두려웠거든. 그래서 '내가 뭘 잘못했나.', '내가 어떻게 더 노력해야 되지?' 고민하며 혼자 눈물을 흘리고, 혼자 눈물을 닦곤 했어. 나는 분명 연애를 하는 건데, 짝사랑을 하는 기분이었어."

고생했네. 사귀어도 사귀는 것 같지 않은 외로움을 느끼게 하는 것은, 그 사람이 못된 거야. 네 잘못은 없어. 너는 단지, 쉽게 변하는 사랑에 혼자 매달려왔을 뿐이지.

너의
길이
고민된다면

요즘 네 고민이 뭐야?

"그냥 나름 열심히 산다고는 사는데 힘드네. 지금 내가 걷고 있는 길이 맞는 길인가 고민이 되고, 앞으로는 뭐를 해야 될지도 모르겠어. 원래는 꿈에 맞게 나를 높여가야 되는데, 어느 순간부터는 나에 맞게 내 꿈을 점점 낮춰가고 있더라.

내가 앞으로 무엇을 할까 고민을 했을 때, '내가 하고 싶은 것'이 아닌 그저 '내가 할 수 있는 것'을 떠올리며 그렇게 점점 내가 작아지는 기분이 들어. 뭔가 마음은 급한데 갈수록 지쳐가는 것 같아."

지칠 때는 네가 앞으로 해야 할 일을 내다보는 것보다는, 가끔은 멈춰서 네가 지금까지 해낸 일들을 돌이켜봐. 괜히 무리하다가 중간에 무너지지 말고. 인생이라는 경기에서 중요한 것은 '얼마나 빨리 목표에 달성하느냐.'가 아닌, '결국에 목표에 달성할 수 있느냐 없느냐.'거든. 물론 남들보다 느리면 그만큼 뒤처진다고 하지만, 실제로 우리는 어떠한 목표에 실패를 할 때 늦어서 실패하는 경우보다는 중간에 무너져서 실패를 하는 경우가 더 많아. '빠르냐 늦느냐.'는 일단 목표에 다다르고 나서 돌이켜볼 문제야.

괜찮아.
너 아주
잘하고 있어

"괜찮아? 요즘 많이 힘들지?"

하며, 누군가 자신의 힘든 마음을 알아준다는 사실만으로도 위로가 되곤 하잖아. 너는 어때? 너도 요즘 많이 힘들지? 나름 열심히 산다고 사는데 뭔가 다른 사람들보다 뒤처지는 기분이 들고 그럴 거야. 너도 나름 노력하고 있는데 주변 사람들은 너에게 더 많은 것을 기대하며 부담을 주고 힘들게 할 거야.

또 가끔은 그런 너의 노력에 대한 결과가 나오지 않아서 속상하기도 할 거야. 너는 그럴 때마다 이미 고단한 하루에 지친 네 몸을 더 강하게 이끌고 나아가려 하겠지. 그렇게 매일 고단한 하루를 견뎌가겠지.

참 기특하네. 안쓰러우면서도 참 기특해. 그래서 적어도 나 한사람 정도는 너를 다독여주고 싶어. 괜찮다고, 너 아주 잘 하고 있다고. 많은 사람들이 막연한 목표를 향해 계속 나아가라고 한다면, 적어도 나 한사람 정도는 네가 잠시 쉬어갈 수 있는 나무가 되고 싶어. 그렇게 나의 그늘에서 네가 잠시 쉬어갈 수 있도록. 너의 그 축 처진 작은 어깨를 다독여주고 싶어. 이 작은 몸으로 이 힘든 세상을 견디느라 오늘도 수고했다고. 오늘 네 지친 하루 끝에 내 짧은 말이 너에게 위로가 됐으면 좋겠네. 그냥 네가 힘들 때 나를 생각해준다면 그것만으로도 나에게는 큰 감동일 거야.

힘들 때는 나에게 잠시 기대도 돼. 너는 아직 어리고 참 여린 사람이니까 혼자 견디려고 하지 말고, 나한테는 있는 그대로의 너를 드러내도 된다고. 울고 싶으면 울고 투정 부리고 싶으면 투정도 부리며. 많은 사람들이 너에게 계속 더 노력하라고 부추긴다면, 적어도 나 한사람 정도는 이렇게 말해도 되는 거잖아.

"괜찮아. 너 아주 잘하고 있어."

참을 인 자 셋이면 호구 된다

참지 마. 항상 너 혼자 참고 넘기면 상대방들은 너를 가볍게 여기기 마련이거든. 사람들은 보통 “한 번만 더 그러면,”이라는 말로 처음은 쉽게 용서하고 넘기는데, 이것도 참 웃긴 거야. 한번 당했으면 됐지, 왜 두 번이나 당하고 나서 화내려고 해? 일단 한번 잘못한 것은 확실히 화내고, 두 번째 또 그러면 그때 더 화내는 게 맞는 거잖아.

처음은 누구나 실수를 할 수 있다고 하지만, 이미 스스로도 잘못된 것임을 알고 한 행동이라면 아무리 처음이라도 그건 실수가 아니지. 그리고 한번만 더 용서해준다는 사람치고 진짜 한번만 참는 사람 못 봤어. 분명 또 참게 돼. 참다 보면 항상 참는 것에 익숙해지거든. "참을 인 자 셋이면 살인도 피한다."라는 말이 있지만, 요즘은 참을 인 자 셋이면 호구 된다. 스스로 사람이길 포기한 자를 사람대접 해주려 하지 마. 안 그래도 살기 힘든 세상인데, 굳이 네가 너를 힘들게 하지 마. 항상 너를 우선으로 살아. 네가 행복한 게 먼저야.

먼저
놓지 마

나이 먹고 한 가지 확실히 느낀 게, 지금 내 곁에 남아있는 사람들은 내가 가장 행복하고 여유 있는 시기에 오랜 시간을 함께 보낸 사람들이 아니라, 가장 힘든 시기에 내 곁을 지켜준 사람들이더라. 그러니까 있을 때 잘해. 이 세상에 당연한 인간관계는 없어. 네가 소홀히 하면 떠나가기 마련이야. 네가 힘들 때 곁에 있어준 사람을 절대 놓지 마. 꼭 네가 성공했다고 놓는 것뿐만이 아니라, 너의 상황이 힘들다는 이유로 먼저 놓지는 마.

경제적이든 무엇이든 간에 너의 상황이 힘들어지고 그것으로 인해 네 곁에 남는 게 힘들다면 그 사람들이 알아서 너를 떠나가겠지. 혹시 미안한 마음이 든다고 하더라도, 상대방이 너를 놓기 전에는 먼저 놓지 마. 미안하다면 오히려 고마운 마음으로 더 잘해주면 되는 거니까.

불행의 원인

가끔 이런 생각 들지 않아? '왜 나만 불행할까? 나도 행복해지고 싶다.'라는. 근데 한 번쯤은 더 생각해볼 필요가 있는 것 같아. 정말 이 불행이 본인의 불행으로부터 느껴지는 감정인지, 아니면 그저 본인은 갖지 못한 다른 사람의 행복으로부터 느껴지는 감정인지를. 정말 불행해서 그런 거라면 노력해서 행복해질 수 있지만, 단지 다른 사람의 행복으로부터 불행을 느낀다면 우리는 결코 행복해질 수 없어.

우리는 행복을 꿈꾸기 전에 먼저 행복에 대한 마음가짐에 신경을 써야 돼. 진짜 행복은 다른 사람과 비교하며 타인의 삶 속에서 찾는 게 아니라, 우리 자신의 삶 속에서 찾는 거야.

자, 이제 스스로에게 물어봐. 너는 행복한지 불행한지. 그리고 만약 불행하다면 그 불행은 정말 네가 불행해서인지, 아니면 단지 타인의 행복을 통해 느껴지는 불행인지를.

네가 행복해졌으면 좋겠어. 단지 다른 사람들에게 행복해 보이는 것 말고, 정말 행복해졌으면 좋겠어.

믿거

'믿거'라는 말 들어본 적 있어? 요즘 인간관계를 믿고 거른다는 뜻으로 사용된대. 근데 나는 이렇게 생각했거든. 사람은 내가 직접 겪어보지 않으면 모르는 거니까, 나에겐 좋은 사람일 수도 있는 거니까. 그래서 주변 사람들이 누구를 '믿거'하라는 말도 무시했었어. 또 어렸을 때 이런 말을 들은 적 있거든. 친구는 두루두루 만나보라고. 그래서 두루두루 만나며 직접 겪어보려 했었거든. 근데 그게 참 어렵더라.

나는 단지 다른 사람에게 피해도 안 주고 그저 잘 지내고 싶었는데, 그게 참 어렵더라고. 그래서 한 번은 친한 친구에게 이런 말을 했어. "나는 왜 이렇게 사람 때문에 상처를 받아야 하지?"라고. 그러니까 친구가 하는 말이 "네가 이상한 애들만 골라 만나잖아."라고 하더라. 그래서 내가 만나보기도 전에 그 사람이 좋은지 이상한지 어떻게 아냐고 물으니까, "내가 믿거하라고 했잖아."라고 하더라고.

그제야 깨달았어. 정말 친한 친구가 '믿거'하라는 말은 단순히 "야! 나 걔랑 사이 안 좋으니까 친하게 지내지 마." 이런 뜻이 아니라, 나를 위한 조언이었음을.

너
다움

나는 네가 너다움을 유지하며 살았으면 좋겠어. 너는 너야. 굳이 주변 사람들의 시선을 의식해서 그 사람들에 맞게 너를 바꾸려고 애쓰지 마. 세상에 사람은 많아. 그 모든 사람들에 맞게 너를 맞춰 가기에는 네가 너무 고단해. 차라리 너는 있는 그대로의 너로 살고, 그런 너를 좋아해 주는 사람을 만나. 물론 사회생활을 위해서는 많은 인간관계가 필요하지만, 너 자신을 위해서는 있는 그대로의 너를 좋아해 주는 단 몇 사람이면 충분하거든.

너는 너로 살아갈 때가 가장 예쁜 거야. 굳이 항상 착하고 밝고 괜찮은 척하며 너 자신을 속이지 마. 슬플 땐 눈물 콧물 다 흘리며 펑펑 울어도 보고, 화가 날 땐 미친놈 마냥 화도 내보며 사는 거야. 있는 그대로의 네 모습을 보고 떠나가는 몇몇 주변 사람들 때문에 아쉬워하지 마. 어차피 언젠가는 떠나갈 사람들이었던 거야. 굳이 그 정도 관계의 사람들까지 지키기 위해 괜히 혼자 애쓰지 마. 너도 시간이 흐르면 알게 될 거야. 결국에는 '얼마나 많은 친구가 남느냐.'보다는 '어떠한 친구가 남느냐.'가 더 중요하다는 사실을.

그러니까 나는 네가 조금 더 너 자신을 위해 살았으면 좋겠어. 그런다고 너보고 이기적이라며 욕할 사람 하나도 없어. '남을 먼저 배려하며 착하게 살아라.' 솔직히 이런 거는 어렸을 때 인성교육을 위해 읽는 도덕책의 한 줄에 불과함을 너도 이제는 알잖아. 이제는 제발 너 자신을 조금 더 돌보며 너를 위해 살았으면 해.

너만의 길

친구야, 너 아주 잘하고 있어. 너는 너의 길을 걸으면 돼. 주변 사람은 신경 쓰지 마. 만만한 줄 알았던 세상. 막상 겪고 보니 많이 힘들지? '다들 행복해 보이는데, 왜 나만 이렇게 힘들까?' 이런 생각도 할 거야. 하지만 모든 사람들이 행복해서 웃지는 않아. 웃지라도 않으면 도저히 못 견딜 것 같아서 웃기라도 하는 거지. 행복해서 하루하루를 살아가는 게 아니라, 행복해지기 위해 하루하루를 견뎌가는 거야.

아마 때론 힘들어서 다 포기하고 쉬고 싶단 생각도 할 거야. 하지만 그러기에는 지금까지 해온 것이 아깝고 마냥 쉬기에는 뭔가 두렵지? 다른 사람들은 다 앞으로 나아가는데, 너 혼자만 뒤처져버릴까 봐 걱정되지? 근데 너는 이제 막 씨앗을 심은 거야. 왜 당장 꽃이 피지 않냐고 두려워하지 마. 당장 눈앞에 결과가 보이지 않을 때는 두려워하지 말고 뒤를 돌아봐. 앞만 보고 달리느라 많이 지쳤잖아. 가끔은 뒤를 돌아보고 네가 그동안 걸어온 길을 봐. 지금 있는 자리도 전에는 한없이 먼 자리였는데, 결국 여기까지 왔잖아.

너 아주 잘하고 있어. 지금까지 걸어온 길이 아깝잖아. 조금만 더 힘내자. 주변 사람들은 다 앞서가는데 너만 제자리인 것 같아? 아니야. 너는 너만의 길을 걷는 거야. 괜히 주변 사람들을 의식하지 마. 그러다간 결국 너의 길을 잃게 될 거야. 우리는 아직 어리고 세상의 길은 너무 험해. 그러니 우리 조금씩 한걸음씩 나아가자. 어제의 한 걸음, 오늘의 한 걸음이 모여, 내일은 오늘보다 더 행복하게 살자. 너 아주 잘하고 있어. 힘내.

다시 사랑하기 위하여

“사랑하는 사람과 헤어졌는데 너무 아파요. 다른 사람들도 다 이런 가요?”

그렇죠. 원래 사랑한 만큼 아플 거예요. 사실 헤어지고 아프지 않으면 스스로 반성해야 돼요. 그만큼 본인 역시 그 사람을 사랑하지 않았다는 거니까요. 그런데 이건 아셔야 돼요. 헤어졌으면 끝난 거예요. 그 사람이 당신을 좋아한다면 먼저 다시 연락이 왔겠죠. 그렇지 않다는 것은 딱 거기까지였다는 뜻이에요.

"시간이 지나면 괜찮아질까요?"

아니요. 시간이 지나면 조금 감정이 무뎌질 뿐, 그 이후에도 계속 그 사람이 생각나곤 할 거예요. 근데 그 사람이 좋아서가 아니라 단지 그 시절이 좋아서 그런 거예요. 혼자 착각하며 힘들어하지 마세요. 사람은 사람으로 잊어가야 돼요. 더 좋은 사람을 만나기 위해 노력하세요.

"아, 그러면 새로운 사람을 만나면 될까요?"

근데 헤어진 지 얼마 안 되었으면, 적어도 아직은 아니에요. 단순히 외로워서 만나면 후회하기 마련이에요.

“그렇죠. 새로 만나는 사람에게 실례가 됐겠죠.”

아니요. 제가 말하는 후회는 본인이 더 힘들어진다는 뜻이에요. 단순히 외로움의 감정을 달래고자 사랑을 시작하면 쉽게 식어버리는 사랑 때문에 결국에는 본인이 더 힘들어져요. 그렇게 지쳐가다가 결국 다시 이별을 하게 되겠죠.

“그러면 다시 이별로 아플 거라는 뜻이에요?”

아니죠. 외로워서 만난 사람과의 이별이 뭐가 아프겠어요. 단지 스스로 이별이 그만큼 쉬워진다는 뜻이에요. 이별도 습관이에요. 이별을 반복하다 보면 어느 순간에는 헤어져도 별로 아프지도 않고, 결국에는 만나는 사람들은 죄다 똑같은 사람 같아서 사랑을 하기가 싫어지게 돼요. 사실 본인이 사랑을 하는 자세가 잘못된 건데 말이죠.

"그럼 어떻게 해야 할까요?"

적어도 헤어진 지 얼마 안 되셨으면, 사랑한 만큼은 충분히 아파하세요. 그 과정을 통해서 사랑하는 사람과 헤어지면 얼마나 아픈가, 그리고 앞으로 새로운 사람을 사귈 때는 어떤 점을 조심해야겠다 등 지난 연애를 한번 돌이켜보세요. 우리는 좋은 추억보다는 이런 아픈 경험을 통해 더 성장해가거든요.

"그러면 저는 언제쯤 괜찮아질까요?"

그건 본인이 하기에 달렸죠. 제가 보기에는 지금 헤어졌지만 아직 못 놓고 계신 것 같아요. 혼자가 된다는 생각에 슬프겠지만 슬플 때 놓아야 돼요. 안 그러면 본인이 아파져요. 이 얘기 아실 거예요. 선인장을 움켜쥐고 있으면 내 손을 아프게 하는 것은 선인장이 아니라, 선인장을 놓질 않는 내 마음이라는 것을. 놓아요, 이제는. 적당히 아픈 것은 본인을 성장시키겠지만, 바보같이 혼자 너무 아파하진 마세요.

사랑에
자존감이
낮은 당신에게

가끔 지나친 사랑을 받다 보면, 본인이 받는 사랑을 과분하다고 생각하며 부담을 갖는 사람들이 있어요. 근데 사랑에 과분한 사랑이 어딨어요. 굳이 과분하다고 표현하자면, 당신이 그 사람에게 그만큼 과분한 사람인가 보죠.

사랑을 할 때는 사랑을 하는 자세가 중요해요. '내가 이 정도 해줬으니 나도 그 정도 받겠지.' 하며 대가를 바라는 사랑을 하면, 갈수록 사랑 표현은 가슴이 아닌 머리로 계산적으로 하게 되고, 상대방은 고마움보다는 부담을 느끼게 되고, 본인 역시 스스로 지쳐갈 뿐이죠.

그런데 사랑을 받는 자세도 비슷해요. 물론 본인이 어느 정도 받았으면 본인 역시 최소한의 표현은 예의겠죠. 하지만 꼭 받은 만큼 해줘야 된다는 부담을 갖고 상호 계산적인 사랑을 하지 마세요. 사랑을 하는 입장도, 사랑을 받는 입장도 그저 '상대방이 이만큼 나를 사랑하는구나.'를 느끼고 표현하며 본인의 마음 가는 만큼 하면 됩니다.

당신이 부담을 느낄 정도로 상대방이 잘 해준다면, 그저 상대방이 그만큼 당신을 사랑한다고, 상대방에게 그만큼 당신은 정말 사랑스러운 사람이라고 받아들이세요.

아무 걱정 말고, 있는 그대로의 사랑을 받으세요. 그리고 마음 가는 대로 사랑을 하세요. 저는 그렇게 당신이 아무 걱정 없이 사랑을 했으면 좋겠습니다.

배려에 대하여

세상에는 많은 사람이 있습니다. 누군가가 자신에게 맞춰주기를 바라는 사람들, 그리고 누군가에게 자신이 맞춰주는 것에 익숙해진 사람들. 흔히 우리는, 전자의 사람들은 이기적이고 후자의 사람들은 배려심이 많다고 말합니다. 그리고 다들 말합니다. 후자의 배려하는 삶을 살아가라고. 배려, 참 좋은 말입니다. 하지만 이렇게 타인을 배려하는 과정이 되려 자신을 힘들게 한다면, 글쎄요. 저는 아니라고 생각합니다.

이런 말이 있잖아요. 세상을 착하게 살기에는 세상이 너무 험하다고. 차라리 쌍년이 되라고.

저는 자기 자신이 힘들어지는 배려는 과잉 배려라고 생각합니다. 그런 배려는 자신을 지치게 할 것이고, 결국에는 타인에게도 부담으로 느껴질 수 있겠죠. 배려의 반대말은 무관심이라고 합니다. 여기서 한 번 정도는 생각해봤으면 합니다. 타인에게 배려를 하기 전에, 나 자신에게 무관심하지는 않았는지를. 그렇다고 이기적으로 살라는 것이 아닙니다. 원래 '배려(配慮)'라는 단어 자체가 마음을 쓴다는 뜻입니다. 그래서 가끔은 '나는 정말 괜찮은지, 힘들지는 않은지.' 이렇게 자신의 마음에 한 번 정도는 관심을 가져봤으면 합니다.

아니 뗀
굴뚝에도
연기가 난다

사람들은 소문을 참 좋아합니다. 소문 당사자의 "나 아니야. 안 그랬어."라는 확신적인 말보다는 근거 없는 "그랬을 그래." 이런 추측을 더 믿으려 하니까요. 물론 '아니 뗀 굴뚝에 연기가 나랴.'라고 말하며 모든 소문은 어느 정도 근거가 있기에 나오는 거라고 말하는 사람들도 있겠죠. 하지만 우리는 한 번 정도 생각해봤으면 합니다.

어떠한 소문을 들었을 때 “증거 있어? 소문에 대한 근거를 먼저 보여줘 봐.”라는 말보다는 “헐, 진짜? 대박!”이라는 말을 더 많이 하곤 했잖아요. 이렇게 우리는 소문의 진위 여부를 확인하기보다는 말뿐인 소문을 그대로 받아들이곤 했잖아요. 사실 어쩔 수 없는 일이기도 합니다. 사람들은 가십거리를 좋아하니까요. 하지만 소문의 당사자에게는 어쩔 수 없는 일이라며 넘기기에는 너무 큰 상처겠죠. 정작 소문을 퍼트린 사람은 당당히 더 퍼트리고 다니는데 소문의 당사자는 숨어 지내며 참 힘들었을 테니까요.

어쩌면 지금 이 글을 읽는 사람들 중에는 이러한 근거 없는 소문의 피해자가 있을 수도 있습니다. 만약 그렇다면 그 사람들에게 말해주고 싶네요. 나쁜 사람들 때문에 당신이 너무 상처받지 않길 바랍니다. 그리고 쉽게 용서해 주지 마세요.

소문의 원인이 되는 사람은 물론이고, 그러한 소문을 믿고 퍼트린 사람들까지 쉽게 용서해 주지 마세요. 다들 이렇게 말하겠죠. "나는 사람들이 그렇다기에 진짜인 줄 알았어."라고. 근데 착각하지 마세요. 근거 없는 소문만을 믿은 사람들도 쓰레기입니다. 소문의 원인 제공자가 쓰레기라면 이런 사람들도 쓰레기 1, 2, 3일뿐이죠.

사실 어쩌면 그 사람들도 알았을 거예요. 말뿐인 거짓된 소문이라는 것을. 다만 그 사람들에게는 사실보다는 가십거리에 더 끌렸을 뿐이죠. 왜 있잖아요, 뒤에서 다른 사람들을 깎아내리는 것을 좋아하는 사람들. 정말 그 사람들이 좋은 사람이었다면, 소문을 바로 믿을 게 아니라 당신에게 먼저 찾아와 소문의 진위 여부를 확인하려 했겠죠. 쉽게 사람을 믿고 쉽게 사람에게 상처받지 않길 바랍니다. 정말 고생 많으셨고 이제는 거를 사람은 거르며 행복하시길 바랍니다.

착하게
살려고
애쓰지 마세요

너무 착하게 살려고 애쓰지 마세요. 싫으면 싫다, 안 되는 건 안 된다. 이렇게 거절할 때는 거절할 줄도 알며 살았으면 합니다. 당신이 아무리 착한 사람으로 살려고 애써도, 결국에는 진짜 나쁜 사람들이 당신을 나쁘게 만들 테니까요. 왜 그런 거 있잖아요. 주변 사람들이 당신에게 돈을 빌려 달라거나 무리한 부탁을 한 경우, 예의 있게 거절을 한다고 해도 당신을 나쁜 사람으로 취급하는 사람들 있잖아요.

"너무하다. 어떻게 네가 그럴 수 있냐. 우리가 진짜 친한 사이 맞냐."하면서요. 자기들이 너무한 것은 생각도 안 하고 당신을 나쁜 사람으로 취급하는 사람들이 있잖아요. 사실 당신이 상대방의 부탁을 꼭 들어줄 필요는 없기에 무리한 부탁을 거절한다고 해도 당신은 나쁜 사람이 아닌데 말이죠. 이럴 바에는 차라리 너무 미안해할 필요도, 눈치를 볼 필요도 없이 당당하게 거절을 했으면 합니다. 주변 사람들을 챙기는 것도 당신이 여유가 있을 때 하는 겁니다. 그것이 과해지면 결국에는 당신 스스로가 지쳐가며 무너질 테니까요.

착하게 살려고 애쓰지 마세요. 행복하게 살려고 애쓰세요. 남이 행복해지고 내가 불행해지는 것, 그건 멋있는 게 아닌 바보 같은 행동입니다. 이제는 당신도 알잖아요. 조금 힘들더라도 자신을 희생하고 베풀며 살았더니, 나중에는 더 큰 행복으로 돌아오는 이야기들. 이런 것은 그저 한편의 동화 속 이야기에 불과함을.

덤덤하게 살아가는 자세

인생을 살다 보면 주변 사람들의 말로 인해서 상처받을 일이 많을 겁니다. 직장 상사의 모진 말, 심지어는 당신을 모르는 사람들의 험담 때문에 상처받을 수도 있겠죠. 그럴 때마다 '대체 왜 그러지? 내가 뭘 잘못했나?'하며 당신은 스스로를 자책할 겁니다. 그래서 조금은 덤덤하게 살아가는 자세를 가졌으면 해요. 덤덤하게 살아간다는 게 특별한 감정에 큰 동요 없이 살아가는 것을 뜻하거든요.

그렇게 당신에게 상처가 되는 말들은 적당히 흘려듣고 무시할 건 무시하며 덤덤하게 살아갔으면 합니다. 어렵지 않아요. 당신 스스로에게 확신을 갖는 겁니다. 당신이 어떠한 생각을 갖고 무슨 일을 하든지 간에, 그런 당신이 걷는 길에 확신을 갖는 거예요.

혹시 스스로에게 칭찬을 해본 적이 있나요? 나 정말 잘하고 있다고, 주변 사람들이 하는 말은 너무 신경 쓰지 말라고, 그렇게 스스로에게 위로를 건네본 적이 있나요? 당신이 누군가에게 인정받고 싶던 마음 그대로, 당신 스스로를 인정하고 응원하며 나아가면 되는 겁니다.

괜한 사람들의 말 때문에 무너지며 상처받지 않길 바라요. 흔히들 마이웨이라고 하는 것 있잖아요. 그렇게 흔들리지 않고 자신의 길을 나아가며 조금은 덤덤하게 살아갔으면 합니다.

네
행복을
우선으로

사실 저는 어렸을 때 다른 사람들의 눈치를 많이 봤습니다. 근데 생각해보니까 그럴 필요 없더라고요. 그렇게 유지된 관계의 사람들은, 제가 조금만 본인들에게 안 맞춰주면 그동안 제가 배려해준 것은 생각도 안 하고 저를 떠나더라고요. 어차피 떠날 사람은 떠나고 결국에는 남을 사람만 남는 겁니다. 관계에 있어서 굳이 혼자 애쓸 필요 없더라고요.

제가 해주고 싶은 얘기는, 앞으로 당신이 어떤 선택을 할 때는 딱 한 가지만 생각했으면 합니다. 어떤 선택이 당신을 더 행복하게 할지를. 괜히 다른 사람들의 눈치 보지 말고, 당신을 우선으로 생각하세요. 물론 그러다 보면 당신을 떠나는 사람들도 있겠죠. 근데 당신은 지금까지 만나온 사람들보다 앞으로 더 많은 사람들을 만나게 될 텐데, 어떻게 그 모든 관계를 지킬 수 있겠습니까. 좋은 사람들이 남는 게 아니라, 남는 사람들이 좋은 사람입니다. 떠나는 사람들에 대한 아쉬움보다는 남는 사람들에게 더 고마움을 갖고 살면 되는 겁니다.

관계에 있어서 너무 복잡하게 생각하지 마세요. 그냥 당신의 행복을 우선으로 생각하세요. 정말 당신의 사람들은, 당신이 그런다고 당신을 욕할 사람은 아무도 없으니까요. 우리 모두가 행복했으면 좋겠습니다. 괜한 사람들에게 상처받지 말고 행복했으면 좋겠습니다, 진심으로.

이별을
통해
사랑을 깨달아갔다

때론 연애를 통해 사랑을 배워가기보다는 이별을 통해 사랑을 깨달아가는 것 같습니다. 어렸을 때는 사랑하는 사람과 헤어지면 그저 아팠거든요. 물론 지금은 이별을 하고 아프지 않다는 게 아닙니다. 단지 아픔의 감정에서 그치는 게 아니라, 이제는 지난 사랑을 돌이키게 되더라고요. 그 과정 속에서 '아, 이럴 때는 이렇게 하는 게 좋았겠네.', '아, 이런 사람은 만나지 말아야겠다.'하면서 뭔가 깨닫게 되더라고요.

아버지께서 결혼 전에는 충분히 많은 연애를 해보라는 말씀을 하신 적이 있었습니다. 사실 그때는 그 말을 부정했었어요. 결혼 전 연애라도 많은 연애보다는 한 번의 연애를 길게 하고 싶었거든요. 저만 잘하면 가능할 거라 생각했습니다. 하지만 아니더라고요. 연애는 꼭 제가 잘한다고 길게 가는 것도 아니었고, 이별의 이유에는 제가 어찌하지 못할 요소들이 참 많더라고요. 이제야 아버지께서 하신 말씀이 조금 이해는 되었습니다.

아마 아버지께서 말씀하신 많은 연애란, 좋은 연애뿐만이 아닌 아픈 이별들도 많이 겪어보라고 하신 것 같아요. 돌이켜보면 우리는 좋은 추억들보다는 아픈 경험들을 통해 더 성장해가곤 했잖아요. 사랑은 단지 연애를 하는 과정 속에서 배우는 게 아니라, 이별도 겪으면서 깨달아가는 것 같습니다. 이렇게 점점 더 나은 사람이 되어가는 거겠죠.

이 책에 적힌 여러 사랑 이별 경험 글들이

앞으로 당신의 더 나은 사랑에 도움이 되길 바랍니다.

사랑의 온도

초판 1쇄 발행 2020년 12월 4일
초판 10쇄 발행 2023년 11월 13일

지은이 고경표
펴낸이 떠오름

기획 손힘찬
편집 권희중
디자인 당아
마케팅 고경표, 이민지
영업관리 떠오름

펴낸곳 ㈜떠오름코퍼레이션
출판등록 제2021-000002호(2020년 4월 28일)
주소 서울특별시 성동구 왕십리로 4길 23-1, 3층 301, 302호
전화 070-4036-4586 팩스 02-6305-4923
홈페이지 www.risebooks.co.kr
이메일 tteoreum9@nate.com

값 14,400원

ISBN 979-11-970808-0-7 (03810)